Yu Wuse Chu
Jian Fanhua

于无色处见繁花

张晓风 著

天地出版社 | TIANDI PRESS

图书在版编目（CIP）数据

于无色处见繁花 / 张晓风著. —成都：天地出版社，2020.5
ISBN 978-7-5455-5410-6

Ⅰ.①于… Ⅱ.①张… Ⅲ.①散文集－中国－当代 Ⅳ.①I267

中国版本图书馆CIP数据核字（2019）第288535号

本书通过四川文智立心传媒有限公司代理，经台北九歌出版社有限公司授权出版授权，同意由天地出版社在中国大陆地区（香港、澳门及台湾除外）出版中文简体字版本。非经书面同意，不得以任何形式任意重制、转载。

著作权登记号 图字：21-2019-622

YU WUSE CHU JIAN FANHUA
于无色处见繁花

出品人 杨 政
作　者 张晓风
责任编辑 杨 露
封面设计 古涧千溪
内文排版 成都新和平文化传播有限公司
责任印制 王学锋

出版发行 天地出版社
（成都市槐树街2号 邮政编码：610014）
（北京市方庄芳群园3区3号 邮政编码：100078）
网　址 http://www.tiandiph.com
电子邮箱 tianditg@163.com
经　销 新华文轩出版传媒股份有限公司

印　刷 廊坊市祥丰印刷有限公司
版　次 2020年5月第1版
印　次 2020年5月第1次印刷
开　本 787mm×1092mm 1/32
印　张 9
字　数 172千字
定　价 49.80元
书　号 ISBN 978-7-5455-5410-6

咨询电话：（028）87734639（总编室）
购书热线：（010）67693207（营销中心）

自序

七百多年前的寻梅人

冬前冬后几村庄，
溪北溪南两履霜，
树头树底孤山上。
冷风来何处香？
忽相逢缟袂绡裳。
……

上面是元代曲家乔梦符（？—1345）的《水仙子·寻梅》散曲小令。此人本是太原人，有其属于北方男儿的爽飒帅气，并且又庄矜富文艺气质。他是个了不起的“元曲人”，同时擅长散曲和剧曲的创作。他甚至还是个写作理论家，曾说过“六字真言”的生动比喻，把艰深的空言说得生动有趣。他说，写剧本，应该“凤头”“猪肚”“豹尾”。翻成今人的话就是“华美而富于吸引力的开头”加上“宽阔壮实的内容”加上“钢鞭般有力的结尾”。他常年住在当时最美丽的城市杭州，真是个令人生羡的湖畔文豪。

曾有一个冬天的清晨，他自家中出发，目的是去寻找一缕野梅的芬芳。那时候，距今七百多年，美男子乔梦符踏遍前村、后村、溪南、溪北的山径，终于在“前朝的梅花知己”林和靖所曾住的孤山上，嗅到魂梦中的幽幽冷香……

梅花已开得满山满谷，乔梦符走在梅花树头，低首俯视——因为那些梅花生长的位置低于他所站的位置，所以他可以饱看整个树冠。乔梦符也走在树底——因为有些梅花长在高坡上，所以他得抬头才能去仰望那满树满枝晶莹玉润的花瓣，当然，连同蓝天，也一起顺便仰视了。

多么神奇的，高高低低的山径上的层层叠叠的梅花啊！

然而，我呢？我既不识宋代的林和靖，也不识元朝之乔梦符。我虽去过西湖附近的孤山，但当时却并没有野梅绽放之疯狂花事。一年虽有三百六十五天，一般花朵的盛期却大约不超过十五天。一个旅人要想赶上繁花之季，真跟天才想碰上贤君盛世一般不容易。然而，我知道，只要有土地、有根茎、有枝干，在某个阳光晴好或月光皎洁的时刻，自会有繁花来作一番盛放，并且十分殷勤地来入于人眼。我常站在萧瑟无花的枯林中，为我未及见到的繁花胜景而感动痴立，仿佛来年的惊红诧绿此刻已在我的前后左右，并且，以其芳馨盈我之袖，以其清露沾我之衣。

正如有些人要看到纸钞或金条才相信自己有了财力，但有些人只要看到支票或提款卡或支付宝就知道大笔财富已在我手。

在婴儿的黑睛中，一个母亲会见到来日之孔孟。在荒村野径上，一位老师会预知某位幼童可能成为21世纪的牛顿。在山陬海隅处，他年的爱因斯坦未必不可期。而在偏乡小客栈伸手不见五指的阒黑暗夜里，明天清晨竹篱上的牵牛花想来是不会爽约的。美，是一种信仰，十分虔诚的信仰，大可不必坚持眼见为凭。在文学的和其他种种方式的叙述中，自有无穷无限的想象的大空间。

于无声之际聆大音，于无光之境体天启，于无色处先睹繁花似锦，这世上平凡黯淡的人生中，自有其许许多多可期可待的绝佳清景。

目录

第一辑　你的侧影好美

她有一个极美的侧影，她自己到底知道不知道呢？也许她长到这么大都没人告诉过她，如果我不告诉她，会不会她一生都不知道这件事？

第二辑　种种可爱

生活在这座城里，虽也有种种倒霉事，但奇怪的是，我记得住的而且在心中把玩不已的全是这些可爱的片段！这些从生活的渊泽里捞起来的种种不尽的可爱。

第三辑　戈壁酸梅汤和低调幸福

如果你真的希望让你手中的那杯酸梅汤和我的这杯一样好喝的话，那么你还须再加上一颗对生活“有所待却无所求”的易于感谢的心。

第四辑　一半儿春愁，一半儿水

生命有如一枚神话世界里的珍珠，出于沙砾，归于沙砾，晶光莹润的只是中间这一段短短的幻象啊！然而，使我们颠之倒之甘之苦之的不正是这短短的一段吗？

第一辑

你的侧影好美

她有一个极美的侧影，她自己到底知道不知道呢？也许她长到这么大都没人告诉过她，如果我不告诉她，会不会她一生都不知道这件事？

你的侧影好美

中午在餐厅吃完饭，我慢慢地喝着那杯茶。茶并不怎么好，难得的是那天下午并没有什么赶着做的事，因此就慢慢地一口一口地啜着。

柜台那里有个女孩在打电话，这餐厅的外墙整个是一面玻璃，阳光流泻一室。有趣的是那女孩的侧影便整个印在墙上，她人长得平常，侧影却极美。侧影定在墙上，像一幅画。

我坐着，欣赏这幅画。奇怪，为什么别人都不看这幅美人图呢？连那女孩自己也忙着说个不停，她也没空看一下自己美丽的侧影。而侧影这玩意儿其实也很诡异，它非常不容易被本人看到。你一转头去看它，它便不是完整的侧影了，你只能斜眼去偷瞄自己的侧影。

我又坐了一会儿，餐厅里的客人或吃或喝——他们显然都在做他们身在餐厅该做的事。女孩继续说个不停，我则急我的事，我的事是什么事呢？我在犹豫要不要跑去告诉那女孩关于她侧影的事。

她有一个极美的侧影，她自己到底知道不知道呢？也许她长到这么大都没人告诉过她，如果我不告诉她，会不会她一生都不知道这件事？

但如果我跑去告诉她，她会不会认为我神经兮兮，多管闲事？

我被自己的假设苦恼着，而女孩的电话看样子是快打完了。我必须趁她挂上电话却还站在原来位置的时候告诉她。如果她走回自己座位我再拉她站回原地去表演侧影，一切就不再那么自然了。

我有点生自己的气，小小一件事，我也思前想后，拿不出个主意来。啊！干脆老实承认吧！我就是怕羞，怕去和陌生人说话，有这毛病的也不只我一个人吧！好，管他的，我且站起来，走到那女孩背后，破釜沉舟，我就专等她挂电话。

她果真不久就挂了电话。

“小姐！”我急急叫住她，“我有一件事要告诉你……”

“喔……”她有点惊讶，不过旋即打算听我的说辞。

“你知道吗？你的侧影好美，我建议你下次带一张纸，一支笔，把你自己在墙上的侧影描下来……”

“啊！谢谢你告诉我。”她显然是惊喜的，但她并没有大叫大跳。她和我一样，是那种含蓄不善表达的人。

我走回座位，吁了一口气。我终于把我要说的说了，我很满意我自己。

“对！其实我这辈子该做的事就是去告诉别人他所不知道的自己的美丽侧影。”

地毯的那一端

德：

从疾风中走回来，觉得自己像是被浮起来了。山上的草香得那样浓，让我想到，要不是有这样猛烈的风，恐怕空气都会给香得凝冻起来！

我昂首而行，黑暗中没有人能看见我的笑容。白色的芦荻在夜色中点染着凉意——这是深秋了，我们的日子在不知不觉中临近了。我遂觉得，我的心像一张新帆，其中每一个角落都被大风吹得那样饱满。

星斗清而亮，每一颗都低低地俯下头来。溪水流着，把灯影和星光都流乱了。我忽然感到一种幸福，那种混沌而又陶然的幸福。我从来没有这样亲切地感受到造物的宠爱——真的，我们这样平庸，我总觉得幸福应该给予比我们更好的人。

但这是真实的，第一张贺卡已经放在我的案上了！洒满了细碎精致的透明照片，灯光下展示着一个闪烁而又真实的梦境。画上的金钟摇荡，遥遥地传来美丽的回响。我仿佛能听见那悠扬的音韵，我仿佛能嗅到那沁人的玫瑰花香！而尤其让我神往的，是那几行可爱的祝词：“愿婚礼的记忆存至永远，愿你们的情爱与日俱增。”

是的，德，永远在增进，永远在更新，永远没有一个边和底——六年了，我们护守着这份情谊，使它依然焕发，依然鲜洁，正如别人所说的，我们是何等幸运。每次回顾我们的交往，我就仿佛走进博物馆的长廊。其间每一处景物都意味着一段美丽的回忆。每一件事都牵扯着一个动人的故事。

那样久远的事了。刚认识你的那年才十七岁，一个多么容易错误的年纪！但是，我知道，我没有错。我生命中再没有一个决定比这项更正确了。前天，大伙儿一块吃饭，你笑着说：“我这个笨人，我这辈子只做了一件聪明的事。”你没有再说下去，妹妹却拍起手来，说：“我知道了！”啊，德，我能够快乐地说，我也知道。因为你做的那件聪明事，我也做了。

那时候，大学生活刚刚展开在我面前。台北的寒风让我每日思念南部的家。在那小小的阁楼里，我呵着手写蜡纸。在草木摇落的道路上，我独自骑车去上学。生活是那样黯淡，心情是那样沉重。在我的日记上有这样一句话：“我担心，我会冻死在这小楼上。”而这时候，你来了，你那种毫无企冀的友谊四面环护着我，让我的心触及最温柔的阳光。

我没有兄长，从小我也没有和男孩子同学过。但和你交往却是那样自然，和你谈话又是那样舒服。有时候，我想，如果我是男孩子多么好呢！我们可以一起去爬山，去泛舟。让小船在湖里任意漂荡，任意停泊，没有人会感到惊奇。好几年以后，我将这些想法告诉你，你微笑地注视着我："那，我可不愿意，如果你真想做男孩子，我就做女孩。"而今，德，我没有变成男孩子，但我们可以去遨游，去做山和湖的梦，因为，我们将有更亲密的关系了。啊，想象中终生相爱相随该是多么美好！

那时候，我们穿着学校规定的卡其服。我新烫的头发又总是被风刮得乱蓬蓬的。想起来，我总不明白你为什么那样喜欢接近我。那年大考的时候，我蜷曲在沙发里念书。你跑来，热心地为我讲解英文文法。好心的房东为我们送来一盘春卷，我慌乱极了，竟吃得洒了一裙子。你瞅着我说："你真像我妹妹，她和你一样大。"我窘得不知如何是好，只是一径低着头，假作抖那长长的裙幅。

那些日子真是冷极了。每逢没有课的下午我总是留在小楼上，弹弹风琴，把一本拜尔琴谱都快翻烂了。有一天你对我说："我常在楼下听你弹琴。你好像常弹那首《甜蜜的家庭》。怎样？在想家吗？"我很感激你的窃听，唯有你了解、关切我凄楚的心情。德，那个时候，当你独自听着的时候，你想些什么呢？你想到有一天我们会组织一个家庭吗？

你想到我们要用一生的时间以心灵的手指合奏这首歌吗？

寒假过后，你把那摞泰戈尔诗集还给我。你指着其中一行请我看："如果你不能爱我，就请原谅我的痛苦吧！"我于是知道发生什么事了：我不希望这件事发生，我真的不希望。并非由于我厌恶你，而是因为我太珍重这份素净的友谊，反倒不希望有爱情去加深它的色彩。

但我却乐于和你继续交往。你总是给我一种安全稳妥的感觉。从头起，我就付给你我全部的信任，只是，当时我心中总向往着那种传奇式的、惊心动魄的恋爱，并且喜欢那么一点点的悲剧气氛。为着这些可笑的理由，我耽延着没有接受你的奉献。我奇怪你为什么仍作那样固执的等待。

你那些小小的关怀常令我感动。那年圣诞节你把得来不易的几颗巧克力糖，全部拿来给我了。我爱吃笋豆里的笋子，唯有你注意到，并且耐心地为我挑出来。我常常不晓得照料自己，唯有你想到用自己的外衣披在我身上（我至今不能忘记那衣服的温暖，它在我心中象征了许多意义）。是你，敦促我读书。是你，容忍我偶发的气性。是你，仔细纠正我写作的错误。是你，教导我为人的道理。如果说，我像你的妹妹，那是因为你太像我大哥的缘故。

后来，我们一起得到学校的工读金，分配给我们的是打扫教室的工作。每次你总强迫我放下扫帚，我便只好遥遥地站在教室的末端，看你奋力工作。在炎热的夏季里，你的汗水滴落在地上。我无言地站着，等你扫好了，我就去掸掸桌椅，并且帮你把它们排齐。每次，当我们目光偶然相遇的时候，总感到那样兴奋。我们是这样的彼此了解，我们合作的时候总是那样完美。我注意到你手上的硬茧，它们把那虚幻的字眼十分具体地说明了。我们就在那飞扬的尘影中完成了大学课程——我们的经济从来没有富裕过，我们的日子却从来没有贫乏过。我们活在梦里，活在诗里，活在无穷无尽的彩色希望里。记得有一次我提到玛格丽特公主在婚礼中说的一句话："世界上从来没有两个人像我们这样快乐过。"你毫不在意地说："那是因为他们不认识我们的缘故。"我喜欢你的自豪，因为我也如此自豪着。

我们终于毕业了，你在掌声中走到台上，代表全系领取毕业证书。我的掌声也夹在众人之中，但我知道你听到了。在那美好的六月清晨，我的眼中噙着欣喜的泪，我感到那样骄傲，我第一次分沾你的成功，你的光荣。

"我在台上偷眼看你，"你把系着彩带的文凭交给我，"要不是中国风俗如此，我一走下台来就要把它送到你面前去的。"

我接过它，心里垂着沉甸甸的喜悦。你站在我面前，高昂而谦和，刚毅而温柔，我忽然发现，我关心你的成功，远远超过我自己的。

那一年，你在受军训。在那样忙碌的生活中，在那样辛苦的演习里，你却那样努力地准备研究所的考试。我知道，你是为谁而做的。在凄长的分别岁月里，我开始了解，存在于我们中间的是怎样一种感情。你来看我，把南部的冬阳全带来了。我一直没有告诉你，当时你临别敬礼的镜头烙在我心上有多深。

我帮着你搜集资料，把抄来的范文一篇篇断句、注释。我那样竭力地做，怀着无上的骄傲。这件事对我而言有太大的意义。这是第一次，我和你共赴一件事，所以当你把录取通知转寄给我的时候，我竟忍不住哭了。德，没有人经历过我们的奋斗，没有人像我们这样相期相勉，没有人多年来在冬夜图书馆的寒灯下彼此伴读。因此，也就没有人了解成功带给我们的兴奋。

我们又可以见面了，能见到真真实实的你是多么幸福。我们又可以去作长长的散步，又可以蹲在旧书摊上享受一个闲散黄昏。我永不能忘记那次去泛舟。回程的时候，忽然起了大风。小船在湖里直打转，你奋力摇橹，累得一身都汗湿了。

“我们的道路也许就是这样吧！”我望着平静而险恶的湖面说，“也许我使你的负担更重了。”

“我不在意，我高兴去搏斗！”你说得那样急切，使我不敢正视你的目光，“只要你肯在我的船上，晓风，你是我最甜蜜的负荷。”

那天我们的船顺利地拢了岸。德，我忘了告诉你，我愿意留在你的船上，我乐于把舵手的位置给你。没有人能给我像你给我的安全感。

只是，人海茫茫，哪里是我们共济的小舟呢？这两年来，为了成家的计划，我们劳累到几乎虐待自己的地步。每次，你快乐的笑容总鼓励着我。

那天晚上你送我回宿舍，当我们迈上那斜斜的山坡，你忽然驻足说："我在地毯的那一端等你！我等着你，晓风，直到你对我完全满意。"

我抬起头来，长长的道路伸延着，如同圣坛前柔软的红毯。我迟疑了一下，便踏向前去。

现在回想起来，已不记得当时是否是个月夜了，只觉得你诚挚的言辞闪烁着，在我心中亮起一天星月的清辉。

"就快了！"那以后你常乐观地对我说，"我们马上就可以有一个小小的家。你是那屋子的主人，你喜欢吧？"

我喜欢的，德，我喜欢一间小小的陋屋。到天黑时分我便去拉上长长的落地窗帘，捻亮柔和的灯光，一同享受简单的晚餐。但是，哪里是我们的家呢？哪儿是我们自己的宅院呢？

你借来一辆半旧的脚踏车，四处去打听出租的房子，每次你疲惫不堪地回来，我就感到一种痛楚。

"没有合意的，"你失望地说，"而且太贵，明天我再去看。”

我没有想到有那么多困难，我从不知道成家有那么多琐碎的事，但至终我们总算找到一栋小小的屋子了。有着窄窄的前庭，以及矮矮的榕树。朋友笑它小得像个巢，但我已经十分满意了。无论如何，我们有了可以憩息的地方。当你把钥匙交给我的时候，那重量使我的手臂几乎为之下沉。它让我想起一首可爱的英文诗：“我是一个持家者吗？哦，是的，但不止，我还得持护着一颗心。”我知道，你交给我的钥匙也不止此数。你心灵中的每一个空间我都持有一枚钥匙，我都有权径行出入。

亚寄来一卷录音带，隔着半个地球，他的祝福依然厚厚地绕着我。那样多好心的朋友来帮我们整理。擦窗子的，补纸门的，扫地的，挂画儿的，插花瓶的，拥拥熙熙地挤满了一屋子。我老觉得我们的小屋快要炸了，快要被澎湃的爱情和友谊撑破了。你觉得吗？他们全都兴奋着，我怎能不兴奋呢？我们将有一个出色的婚礼，一定的。

这些日子我总是累着。去试礼服，去订鲜花，去买首饰，去选窗帘的颜色。我的心像一座喷泉，在阳光下涌溢着七彩的水珠儿。各种奇特复杂的情绪使我眩昏。有时候我也分不清自己是在快乐还是在茫然，是在忧愁还是在兴奋。我眷恋着旧日的生活，它们是那样可爱。我将不再住在宿舍里，享受阳台上的落日。我将不再偎在母亲的身旁，听她长夜话家常。而前面的日子又是怎样的呢？德，我忽然觉得自己好像要被送到另一个境域去了。那里的道路是我未走过的，那里的生活是我过不惯的，我怎能不惴惴然呢？如果说有什么可以安慰我的，那就是：我知道你必定和我一同前去。

冬天就来了，我们的婚礼在即，我喜欢选择这季节，好和你厮守一个长长的严冬。我们屋角里不是放着一个小火炉吗？当寒流来时，我愿其中常闪耀着炭火的红火。我喜欢我们的日子从黯淡凛冽的季节开始，这样，明年的春花才对我们具有更美的意义。

我即将走入礼堂，德，当结婚进行曲奏响的时候，父亲将挽着我，送我走到坛前，我的步履将凌过如梦如幻的花香。那时，你将以怎样的微笑迎接我呢？

我们已有过长长的等待，现在只剩下最后的一段了。等待是美的，正如奋斗是美的一样，而今，铺满花瓣的红毯伸向两端，美丽的希冀盘旋而飞舞。我将去即你，和你同去采撷无穷的幸福。当金钟轻摇，蜡炬燃起，我乐于走过众人去立下永恒的誓愿。因为，哦，德，因为我知道，是谁，在地毯的那一端等我。

没有谈过恋爱的

一

朋友的女儿还在读大学，她着手写了一篇武侠小说——哦，不，事实上是写了半篇小说，因为写到一半她便罢手不写了。

唉，写到一半的小说听来是多么令人沮丧啊，简直像织了一半的布遭人剪断，或煮成半熟的饺子忽而遇见停电。此女幼慧，叔叔伯伯阿姨都很看好她，但她就是不肯把那篇小说写完，老妈催她，她竟说出一个奇怪的理由：

“我又没有谈过恋爱，这一段我是写不下去了。你要我写，那，你去帮我找个男朋友好了！”

老妈一时气结，暗中抱怨此女明明是懒惰，却把理由编成如此这般。我闻其言，不禁大笑，我说：

“哎，哎，你这女儿果真是没有谈过恋爱。她如果谈了恋爱，就知道，描述恋爱其实最好是没有谈过恋爱。真的谈了恋爱，写出来未必能直逼爱情……”

这一段话说得有点像绕口令，可能让听者更糊涂了。我想只好找些例子来说明吧！

二

一百一十多年前，英国的作家王尔德讲了一个故事给法国的作家纪德听，故事后来被人按上一个题目叫《讲故事的人》。在我看来，这故事简直是《老子》中“知者不言，言者不知”的批注。

故事是说有一个人爱讲故事，所以颇受村民欢迎，他会在返家时鬼扯一些奇遇，例如途经森林，惊见牧神吹笛、仙女群舞。途经海岸，又见三个美人鱼以金梳梳理碧发，听者觉得极其精彩。不料，他后来竟果然碰见自己描述的景象，当村民又来相询的时候，他却噤声不语，只说，我此行一无所见。

三

1844年出生的亨利·卢梭其实终其一生都住在法国，他的职业是收税员，但他当过四年兵，四年中遇见不少同袍是曾去过墨西哥的。透过这些同伴或忠实或不忠实的描述，他居然也感受到一些南美风情。之后他又跑到城市中的植物园去写生，观察非洲热带植物。1889年，当时他已经45岁了，由于巴黎办万国博览会，他也就间接懂了一些塞内加尔、东京和大溪地。就这样拼拼凑凑，半揣度半狂想，他居然画出一派恍惚迷离亦真亦幻的作品，如《睡着的吉卜赛人》（1897）或《梦》（1910）都令观者倾倒入迷，连毕加索也景仰其人。

那蛮荒世界的满月，那榛莽深林中绿莹莹的狮眼，那站在幽明交界处的吹号的土著，那炫丽的果实和鹊鸟（那鸟，仿佛是吃了身旁暖橙色的丰腴的热带水果才变得有个同色同型的肚子），以及那华艳不可方物的裸女，明明身在林薮，却自有一张丝绒沙发供她展示玉体……

我深爱那个从来没有去过非洲也没有去过墨西哥的卢梭。他的狂乱描述仿佛神医，虽隔帘悬丝把脉，竟能一一说尽帐内女子的五脏六腑。

四

2004年3月，我应邀去淡大听叶嘉莹教授讲“词”，叶教授八十多岁了，风采依旧照人。满堂崇拜者，引颈以待。她是美丽清雅而又智慧灵明的。她的生平又有些传奇性，听她的演讲的确是无趣生活中的盛事。但那天她不知怎么说着说着就忽然冒出一句话，说自己年轻的时候在长辈安排下结了婚，而她此生最大的遗憾便是不曾谈恋爱，如果有来生，一定要谈一场恋爱。

可是，如果有来生，谈过一场好恋爱的美丽聪颖的那女子会比此刻的叶嘉莹教授更好吗？经她诠释的情词会更细腻吗？经她吟诵的诗会更催人泪下吗？“无憾”以后的叶嘉莹教授又会以什么面目活在来世呢？

五

神父无妻，却反能指导婚姻。男性医师不怀孕，也自能指导生产过程。梅兰芳并没去做变性手术，却能委婉唱出某个春天花园中的女子杜丽娘的情根欲苗……至于死，谁都没死过，却有人把死写得浃髓沦肌。

六

谁说要谈完一场恋爱才能把小说写好?

一个女人的爱情观

忽然发现自己的爱情观很土气，忍不住笑了起来。

对我而言，爱一个人就是满心满意要跟他一起“过日子”，天地鸿蒙荒凉，我们不能妄想把自己扩充为六合八方的空间，只希望彼此的火烬把属于两人的一世时间填满。

客居岁月，暮色里归来，看见有人当街亲热，竟也视若无睹，但每看到一对人手牵手提着一把青菜一条鱼从菜场走出来，一颗心就忍不住恻恻地痛了起来，一蔬一饭里的天长地久原是如此味永难言啊！相拥的那一对也许今晚就分手，但一鼎一镬里却有其朝朝暮暮的恩情啊！

爱一个人原来就只是在冰箱里为他留一只苹果，并且等他归来。

爱一个人就是在寒冷的夜里不断在他杯子里斟上刚沸的热水。

爱一个人就是喜欢两人一起收尽桌上的残肴，并且听他在水槽里刷碗的音乐——事后再偷偷地把他不曾洗干净的地方重洗一遍。

爱一个人就有权利霸道地说：

“不要穿那件衣服，难看死了。穿这件，这是我新给你买的。”

爱一个人就是一本正经地催他去工作，却又忍不住躲在他身后想捣几次小小的蛋。

爱一个人就是在拨通电话时忽然不知道要说什么，才知道原来只是想听听那熟悉的声音，原来真正想拨通的，只是自己心底的一根弦。

爱一个人就是把他的信藏在皮包里，一日拿出来看几回、哭几回、痴想几回。

爱一个人就是在他迟归时想上一千种坏可能，在想象中经历万般劫难，发誓等他回来要好好罚他，一旦见面却又什么都忘了。

爱一个人就是在众人暗骂：“讨厌！谁在咳嗽！”你却急道：

“唉，唉，他这人就是记性坏啊，我该买一瓶川贝枇杷膏放在他的背包里的！”

爱一个人就是上一刻钟想把美丽的恋情像冬季的松鼠秘藏坚果一般，将之一一放在最隐秘最安妥的树洞里，下一刻钟却又想告诉全世界这骄傲自豪的消息。

爱一个人就是在他的头衔、地位、学历、经历、善行、劣迹之外，看出真正的他不过是个孩子——好孩子或坏孩子——所以疼了他。

也因，爱一个人就是喜欢听他儿时的故事，喜欢听他有几次大难不死，听他如何淘气惹厌，怎样善于玩弹珠或打“水漂漂”，爱一个人就是忍不住替他记住了许多往事。

爱一个人就不免希望自己更美丽，希望自己被记得，希望自己的容颜体貌在极盛时于对方如霞光过目，永不相忘，即使在繁花谢树的冬残，也有一个人沉如历史典册的瞳仁可以见证你的华彩。

爱一个人总会不厌其烦地问些或回答些傻问题，例如：“如果我老了，你还爱我吗？”“爱。”“我的牙都掉光了呢？”“我吻你的牙床！”

爱一个人便忍不住迷上那首《白发吟》：

亲爱，我年已渐老
白发如霜银光耀
唯你永是我爱人
永远美丽又温柔……

爱一个人常是一串奇怪的矛盾，你会依他如父，却又怜他如子；尊他如兄，又复宠他如弟；想师事他，跟他学，却又想教导他把他俘虏成自己的徒弟；亲他如友，又复气他如仇；希望成为他的女皇，他唯一的女主人，却又甘心做他的小丫鬟小女奴。

爱一个人会使人变得俗气，你不断地想：晚餐该吃牛舌好呢，还是猪舌？蔬菜该买大白菜，还是小白菜？房子该买在三张犁呢，还是六张犁？而终于在这份世俗里，你了解了众生，你参与了自古以来匹夫匹妇的微不足道的喜悦与悲辛，然后你发觉这世上有超乎雅俗之上的情境，正如日光超越调色盘上的一样。

爱一个人就是喜欢和他拥有现在，却又追忆着和他在一起的过去。喜欢听他说，那一年他怎样偷偷喜欢你，远远地凝望着你。爱一个人便是小别时带走他的吻痕，如同一幅画，带着鉴赏者的朱印。

爱一个人就是横下心来，把自己小小的赌本跟他合起来，向生命的大轮盘去下一番赌注。

爱一个人就是让那人的名字在临终之际成为你双唇间最后的音乐。

爱一个人，就不免生出共同的、霸占的欲望。想认识他的朋友，想了解他的事业，想知道他的梦。希望共有一张餐桌，愿意同用一双筷子，喜欢轮饮一杯茶，合穿一件衣，并且同衾共枕，奔赴一个命运，共寝一个墓穴。

前两天，整理房间时，理出一只提袋，上面赫然写着

“孕妇服装中心”，我愕然许久，既然这房子只我一人住，这只手提袋当然是我的了，可是，我何曾跑到孕妇店去买衣服？于是不甘心地坐下来想，想了许久，终于想出来了。我那天曾去买一件斗篷式的土褐色短褛，便是用这只绿袋子提回来的，我是的确闯到孕妇店去买衣服了。细想起来那家店的模特儿似乎都穿着孕妇装，我好像正是被那种美丽沉甸的繁殖喜悦所吸引而走进去的。这样说来，原来我买的那件宽松适意的斗篷式短褛竟真是给孕妇设计的。

这里面有什么心理分析吗？是不是我一直追忆着怀孕时强烈的酸苦和欣喜而情不自禁地又去买了一件那样的衣服呢？想多年前冬夜独起，灯下乳儿的寒冷和温暖便一下涌回心头，小儿吮乳的时候，你多么希望自己的生命就此为他竭泽啊！

对我而言，爱一个人，就不免想跟他生一窝孩子。

当然，这世上也有人无法生育，那么，就让共同培育的学生，共同经营的事业，共同爱过的子侄晚辈，共同谱成的生活之歌，共同写完的生命之书来做他们的孩子。

也许还有更多更多可以说的，正如此刻，爱情对我的意义是终夜守在一盏灯旁，听车声退潮再复涨潮，看淡紫的天光愈来愈明亮，凝视两人共同凝视过的长窗外的水波，在矛盾的凄凉和欢喜里，在知足感恩和渴切不足里细细体会一条河的韵律，并且写一篇叫《爱情观》的文章。

这些石头，不要钱

朋友住在郊区，我许久没去他家了。有一天，天气极好，我在山径上开车，竟与他的车不期而遇。他正拿着相机打算去拍满山的“五节芒”，可惜没碰上如意的景，倒是把我这个成天“无事忙”的朋友给带回家去吃饭了。

几年没来，没料到他家“焕然一旧”。空荡荡的大院子里如今有好多棵移来的百年老茄冬，树下又横卧着水牛似的石头，可供饱饭之人大睡一觉的那种大石头。

我嫉妒得眼珠都要发红了，想想自己每天被油烟呛得要死，他们却在此与百年老树共呼吸，与万载巨石同座席。

“这些石头，这些树，要花多少钱？”

“这些吗？怎么说呢？”朋友的妻笑起来，“这些等于不要钱。石头是人家挖土，挖出来的，放在一边，我们花了几包烟几瓶酒就换来了。树呢，也是，都是人家不要的。我们今天不收，它明天就要被人家拿去当柴烧。我们看了不忍心，只好买下来救它一命。”

看来他们夫妇在办老树收容所了。

“怎么搬来的？”

“哈，那就不得了啦！搬树搬石头可花了大钱，大概要二十万呢！”

真不公平，石头不要钱，搬石头的却大把收钱。

我忽然明白了，凡是上帝造的，都不要钱，白云不以斗量求售，浪花不用计码应市。但只要碰到人力，你就得给钱。水本身不要钱，但从水龙头出来的水却需要按度收费。玉兰花不要钱，把花采好提在花篮里卖就要钱了。

如果上帝也要收费呢？如果他要收设计费和开模费呢？果真如此，只要一天活下来，我们任何一个人都要变得赤贫，还不到黄昏，我们已经买不起下一口空气了。

我躺在这不属于我的院子里，在一块不经由我买来的石头上，于一个不由我设计的浮生半日，享受这不须付费的秋日阳光。

母亲的羽衣

讲完了牛郎织女的故事，细看儿子已经垂睫睡去，女儿却犹自瞪着红红的眼睛。

忽然，她一把抱紧我的脖子把我坠得发疼："妈妈，你说，你是不是仙女变的？"

我一时愣住，只胡乱应道："你说呢？"

"你说，你说，你一定要说！"她固执地扳住我不放，"你到底是不是仙女变的？"

我是不是仙女变的？——哪一个母亲不是仙女变的？

像故事中的小织女，每一个女孩都曾住在星河之畔，她们织虹纺霓，藏云捉月，她们几曾烦心挂虑？她们是天神最偏怜的小女儿，她们终日临水自照，惊讶于自己美丽的羽衣和美丽的肌肤，她们久久凝注着自己的青春，被那份光华弄得痴然如醉。

而有一天，她的羽衣不见了，她换上了人间的粗布——她已经决定做一个母亲。有人说她的羽衣被锁在箱子里，她再也不能飞翔了。人们还说，是她丈夫锁上的，钥匙藏在极秘密的地方。

可是，所有的母亲都明白那仙女根本就知道箱子在哪里，她也知道藏钥匙的所在，在某个无人的时候，她甚至会惆怅地开启箱子，用忧伤的目光抚摸那些柔软的羽毛。她知道，只要羽衣一着身，她就会重新回到云端，可是她把柔软白亮的羽毛拍了又拍，仍然无声无息地关上箱子，藏好钥匙。

是她自己锁住那身昔日的羽衣的。

她不能飞了，因为她已不忍飞去。

而狡黠的小女儿总是偷窥到那藏在母亲眼中的秘密。

许多年前，那时我自己还是小女孩，我总是惊奇地窥伺着母亲。

她在口琴背上刻了小小的两个字——“静鸥”，那里面有什么故事吗？那不是母亲的名字，却是母亲名字的谐音，她也曾梦想过自己是一只静栖的海鸥吗？她不怎么会吹口琴，我甚至想不起她吹过什么好听的歌，但那名字对我而言是母亲神秘的羽衣，她轻轻写那两个字的时候，她可以立刻变了一个人，她在那名字里是另外一个我所不认识的有翅的什么。

母亲晒箱子的时候是她另外一种异常的时刻，母亲似乎有好些东西，完全不是拿来用的，只为放在箱底，按时年年在三伏天取出来暴晒。

记忆中母亲晒箱子的时候就是我兴奋欲狂的时候。

母亲晒些什么？我已不记得，记得的是樟木箱子又深又沉，像一个混沌黝黑初生的宇宙，另外还记得的是阳光下竹竿上富丽夺人的颜色，以及怪异却又严肃的樟脑味，以及我在母亲呵禁声中东摸摸西探探的快乐。

我唯一真正记得的一件东西是幅漂亮的湘绣被面，雪白的缎子上，绣着兔子和翠绿的小白菜，和红艳欲滴的小杨花萝卜，全幅上还绣了许多别的令人惊讶赞叹的东西，母亲一边整理，一面会忽然回过头来说："别碰，别碰，等你结婚就送给你。"

我小的时候好想结婚，当然也有点害怕，不知为什么，仿佛所有的好东西都是等结了婚就自然是我的了，我觉得一下子有那么多好东西也是怪可怕的事。

那幅湘绣后来好像不知怎么就消失了，我也没有细问。对我而言，那么美丽得不近真实的东西，一旦消失，是一件合理得不能再合理的事。譬如初春的桃花，深秋的枫红，在我看来都是美丽得违了规的东西，是茫茫大化一时的错误，才胡乱把那么多的美推到一种东西上去，桃花理该一夜消失的，不然岂不教世人都疯了？

湘绣的消失对我而言简直就是复归大化了。

但不能忘记的是母亲打开箱子时那份欣悦自足的表情，

她慢慢地看着那幅湘绣，那时我觉得她忽然不属于周遭的世界，那时候她会忘记晚饭，忘记我扎辫子的红绒绳。她的姿势细想起来，实在是仙女依恋地轻抚着羽衣的姿势，那里有一个前世的记忆，她又快乐又悲哀地将之一一拾起，但是她也知道，她再也不会去拾起往昔了——唯其不会重拾，所以回顾的一刹那更特别的深情凝重。

除了晒箱子，母亲最爱回顾的是早逝的外公对她的宠爱。有时她胃痛，卧在床上，要我把头枕在她的胃上，她慢慢地说起外公。外公似乎很舍得花钱（当然也因为有钱），总是带她上街去吃点心，她总是告诉我当年的肴肉和汤包怎么好吃，甚至煎得两面黄的炒面和女生宿舍里早晨订的冰糖豆浆（母亲总是强调“冰糖”豆浆，因为那是比“砂糖”豆浆更为高贵的）都是超乎我想象力的美味。

我每听她说那些事的时候，都惊讶万分——我无论如何不能把那些事和母亲联想在一起，我从有记忆起，母亲就是一个吃剩菜的角色，红烧肉和新炒的蔬菜简直就是理所当然地放在父亲面前的，她自己的面前永远是一盘杂拼的剩菜和一碗“擦锅饭”（擦锅饭就是把剩饭在炒完菜的剩锅中一炒，把锅中的菜汁都擦干净了的那种饭），我简直想不出她不吃剩菜的时候是什么样子。

而母亲口里的外公，上海、南京、汤包、肴肉全是仙境里的东西，母亲每讲起那些事，总有无限的温柔，她既不感伤，也不怨叹，只是那样平静地说着。她并不要把那个世界拉回来，我一直都知道这一点，我很安心，我知道下一顿饭她仍然会坐在老地方吃那盘我们大家都不爱吃的剩菜。而到夜晚，她会照例一个门一个窗地去检点去上闩。她一直都负责把自己牢锁在这个家里。

哪一个母亲不曾是穿着羽衣的仙女呢？只是她藏好了那件衣服，然后用最黯淡的一件粗布把自己掩藏了，我们有时以为她一直就是那样的。

而此刻，那刚听完故事的小女儿鬼鬼地在窥伺着什么？

她那么小，她何由得知？她是看多了卡通，听多了故事吧？她也发现了什么吗？

是在我的集邮本偶然被儿子翻出来的那一刹那吗？是在我拣出石涛画册或汉碑并一页页细味的那一刻吗？是在我猛然回首听他们弹一阕熟悉的钢琴练习曲的时候吗？抑或是在我带他们走过年年的春光，不由自主地驻足在杜鹃花旁或流苏树下的一瞬间吗？

或是在我动容地托住父亲的勋章或童年珍藏的北平画片的时候，或是在我翻拣夹在大字典里的干叶之际，或是在我轻声地教他们背一首唐诗的时候……

是有什么语言自我眼中流出呢？是有什么音乐自我腕底泻过吗？为什么那小女孩会问道：“妈妈，你是不是仙女变的呀？”

我不是一个和千万母亲一样安分的母亲吗？我不是把属于女孩的羽衣收折得极为秘密吗？我在什么时候泄漏了自己呢？

在我的书桌底下放着一个被人弃置的木质砧板，我一直想把它挂起来当一幅画，那真该是一幅庄严的，那样承受过万万千千生活的刀痕和凿印的，但不知为什么，我一直也没有把它挂出来……

天下的母亲不都是那样平凡不起眼的一块砧板吗？不都是那样柔顺地接纳了无数尖锐的割伤却默无一语的砧板吗？

而那小女孩，是凭什么神秘的直觉，竟然会问我："妈妈？你到底是不是仙女变的？"

我掰开她的小手，救出我被吊得酸麻的脖子，我想对她说："是的，妈妈曾经是一个仙女，在她做小女孩的时候，但现在，她不是了，你才是，你才是一个小小的仙女！"

但我凝注着她晶亮的眼睛，只简单地说了一句："不是，妈妈不是仙女，你快睡觉。"

"真的？"

"真的！"

她听话地闭上了眼睛，旋又不放心地睁开。

"如果你是仙女，也要教我仙法哦！"

我笑而不答，替她把被子掖好，她兴奋地转动着眼珠，不知在想什么。

然后，她睡着了。

故事中的仙女既然找回了羽衣，大约也回到云间去睡了。

风睡了，鸟睡了，连夜也睡了。

我守在两张小床之间，久久凝视着他们的睡容。

我听到你唱了

她把那张便条纸打开来，立刻吓得要死。

从来还没接过毛笔写的条子，字很潦草，大概不是秘书写的——那就是说，是江校长自己写的。完了，她想，既是江校长的条子，准没好事，江校长人虽不凶，可是从来不苟言笑。

“我一向是有点调皮捣蛋，”她拼命想，“可是也没闯过什么祸啊！”

等一走进校长室，她就放了心，江校长的声音中充满温馨喜悦。她听到让她目瞪口呆的事。

事情是这样的：

头天晚上是欢送毕业生的晚会，江校长原来有事不能参加的，后来偶然经过，忽然发现传出来的声音意外的好，其实那歌倒普通，是当时流行的一首抒情歌，叫*Only You*，但好的是那女孩的声音，江校长走进去，坐在最后一排，听完，她站起来，知道了那个胖胖的女孩叫姚立含，高一，她决定把她找来谈谈。

“我听到你唱了——唱得真好——”江校长用她惯用的平直的调子，“你父母有没有打算要培植你？”

“没有啊！”她吃惊不小。

这真是怪事了，唱歌她倒是从会说话就会唱的，唱歌就是唱歌，还管他什么培植不培植。其实全家也都会唱，爸爸唱老生，唱《贺后骂殿》，唱《萧何追韩信》，妈妈也唱，妈妈几乎是整天都在唱。她在镇江念小学的时候，曾每天到电台唱一遍《节俭歌》（那时没有录音带），她也唱《摇篮曲》：

风啊——你要微微地吹
鸟啊——你要轻轻地叫
我家小宝宝
快要睡着了

对姚立含，唱歌是和生命一体的，唱歌简直是和胎动的韵律一起俱存在她生命里的东西，可是到那一天为止，她连一场正式音乐会也没听过，她完全摸不清头脑，音乐跟培植有什么关系。

江校长也不多说——她向来说话不多——就放她回去了。

她想，事情大概到此为止了，她仍然高高兴兴地唱她

“未经培植”的歌——连钢琴伴奏都没有，钢琴不是生活里的东西。

想不到过了两天，她的爸爸妈妈也接到了江校长的信，信上同样也只是说请到校一谈。家里不知情，引起不小的虚惊，及至赶到学校，真不得了，江校长已经把姚立含和音乐老师约了来。江校长想必是那种想到一件事就非得做成功的人，她要求女孩的父母务必要培植她。

“她唱得好极了，她有两种好是别人没有的。第一，那天我坐在最后一排，但一个一个字都听得清清楚楚；第二，她唱起来，轻松自然，不像别人唱得咬牙切齿的。”

江校长简直是一个奇异的人，向来也没听说她懂音乐，好像也没听她唱过歌，可是以一个教育家的本能，她却能在一片微云中预见沛然的大雨。不知道江校长算不算跋扈，她还去找了王沛纶教授，又因而间接找到郑秀玲教授。姚立含的父亲是一位知名的作家，但要谈“音乐培植”他也一片茫然，当时就完全依了江校长的安排。

第一次到郑秀玲老师家面试，她一边直着嗓子唱音阶，一边看到郑老师在皱眉，等全唱完了，郑老师说：“第一，你的嗓子很大；第二，我喜欢你这种诚诚恳恳的人……”

真是要命，从头到尾居然没有一个字是说她音质华美，或绕梁三日的话，可是由于生性乐观，而且对音乐也没有“野心”，有的反是一片淡泊的“无心”，所以，仍然满心高兴，觉得“嗓门大”未尝不是一句光荣的评语。从此，她就成了郑老师的学生，原本是约定先学六个月试试，但后来在留学前一直跟了郑老师五年多。

我认识姚立含有七年了——更正确地说是认识她的声音，第一次听到她的声音，我忍不住要问：“那个胖胖的女孩是谁？”

后来才知道，这是一个很普遍的反应，她大专联考考术科的那天，戴粹伦教授也到处打听：“那个胖胖的女孩是谁？”她的声乐术科是那年最好的。

五年前我们演《武陵人》，导演黄以功一向是个“不耐烦去懂音乐的人”，但一听姚立含的声音，他立刻决定要用她演桃花的娘。

“感觉很对。”他说。

黄以功喜欢“感觉”，他老是说：

“你要去感觉那个‘感觉’。”

姚立含的戏其实不及她的歌，但有其相同的沉稳。

外行的人——或者说“半内行”的人有时会惊奇，为什么一个像姚立含这样的“女低音”会去师事一个郑老师那样的“女高音”，但是在姚立含学习的过程中，她会了解，音乐不在音域的上下，在于如何将潺潺的心之潮声重现在别人的生命的涓流里。

如果把她的人和她的歌相比，我有点不知道说哪一个更可爱。

姚立含最特别的一点是“糊涂”，奇怪的却是她的糊涂从来没有误过事，相反地倒给她带来好运。

读大学的时候，在华冈，有一次她发现学校附近有一人在自家门口做葱油饼，她忍不住拿一块钱要去买一个——天晓得，那人根本不是卖葱油饼的——但因为觉得她糊涂得可爱，也就忍住笑卖了。没想到她吃了一个意犹未足，居然去买第二和第三个，那位先生只好继续卖给她……姚立含的生平几乎全由这种“绝事”串联而成。

当初要跟郑老师学音乐的时候，她冒冒失失地问了一句：“可不可以便宜一点啊？”她是长女，父亲是公务员，她一想到自己要花钱学音乐，真急得不知如何是好。

奇怪的是郑老师没有为她的“还价”生气，反而一口答应她了。

跟大多数的音乐系同学一样，她的德文并不怎么好，但只凭一股劲，就高高兴兴地到了德国，一面拼命想家，一面开始拼命念德文，满屋子贴着央人寄来的台北艺术活动的海报……

有一天，简直像神话一样，她走下演唱台，发觉一个德国人在流泪，她知道她已经征服了德文。

她的丈夫也是得来全不费功夫。那男孩在歌剧院做首席小提琴手，为了应邀演唱，他们合作过好几次，后来她跟另外一个女孩合煮了一顿中国饭酬谢，燃料、场地和餐具却由男方供给（因为是在男家煮的）。事情就这样开始了，男孩的约会倒也简便，他总是送她歌剧票——因为身为首席小提琴手，可以有几张免费票。

圆脸、微髭、大眼，好纯的一个男孩，他们结了婚，她给他译了一个中国名字叫毕友安。别的女人是给儿女取名字，她却得先给丈夫取。

“我其实早就认识过一些日本女孩，但姚立含大不一样。”毕友安说，作为一个西方人要想不认识日本人几乎不可能，日本人到处都是，在德国学音乐的女孩也极多，毕跟很多日本女孩共过事。

“日本女孩对人真客气，又有礼貌——可是她心里头又是另外一回事了，”毕说，“姚立含不是，她有什么说什么——我比较喜欢这种人。”

听说他们交往渐密，双方家长都不由得恐惧起来，对两个家族而言，这都是破天荒的事。但没几天，老一辈的都放弃成见，并且衷心祝福他们。

“第一年真不好过啊！有时说德文，有时说英文，有时还比手画脚，”姚说，“加上彼此又不适应一些对方的怪毛病。”

“他有什么怪毛病？”我问。

“譬如说，他喝完牛奶，死都不肯吃水果——是他从小妈妈教的。”

“对了，有些外国人迷信果酸会把牛奶破坏——其实咱们中国人吃咸豆浆根本就先把它弄沉淀了。”

“就是说嘛！”

“那么，”我转向毕，“第一年你发现她有什么毛病？”

“她？”毕呆了呆，“我想不起来，她如果有毛病，也一定是一些不值一提的——不过第一年处起来是比较麻烦，但是我不后悔，我深信上帝不会安排错。”

听毕说“不后悔”真感动，颇有中文里“终不悔”的深情。

“第二年开始就好了。”两个人都是这样说。

“每天晚上我们一起祈祷。”他说，“那对我们婚姻的帮助太大了。”

正如江校长所形容的她的歌声，她的生命中重大的事也都来得那样轻松自然。

在中国传统的音乐里，旦角的本领就是要唱得高，高到响遏行云才为好。再不然，就是幽咽吞吐，此外就是老旦的那份苍凉沉稳，乃至于反串老生、反串花脸的那份雄豪激壮。

奇怪的是，从来就似乎没有低沉华美、醇厚如丝绒的女低音，似乎女音一低，全都变质成为男性化的声音，真正年轻华贵的低音就中国而言真是难找——当然，一般中国人肺活量也不适于唱低音，但姚立含倒无这方面的困难。

“女低音本来全世界都缺。”她说。

其实她不知道，她的价值不在“物以稀为贵”，即使全世界每个女人都能唱女低音，她仍是独特的一个，绝对与别人不同的一个。

“演唱紧张不紧张？”有一次我问她。

“紧张，紧张得要命，好久以前就开始紧张，临上台更紧张，我的胃痛就是这样来的。”

“可是，听你唱却很自然嘛！”

“我一开口唱就好了——就忘了。”

“唱完了等下一支曲子的时候呢？”

“还是紧张——所以我比较倒霉，我先生就好多了，他也紧张，可是小提琴的乐章长，他可以保持很久不紧张，我是每唱完一首歌，就要紧张一阵子。”

不知算不算偏见，我喜欢在演出前紧张的艺术家，完全不紧张的人往往流于轻亵。

去台多年，七月里她回来了，我去听她的演唱，在她一向的沉厚、美丽和吞吐自然外，忽然惊喜地发现她也同时极能掌握女性的“威”与“重”，孔子说“君子不重则不威”，威与重原来也是可以如此都丽美好的。旧文学里常和春草联用的“葳”与“蕤”，指的是草木的盛美，听姚立含的歌忽然悟到青草在其最柔和最温润的外层下，也是蕴藏着勃勃然的威力的。当她唱舒伯特的《音乐颂》，唱修曼所谱法国公主临刑的诗《告别法国》《告别世界》，在极端的柔美中积贮着无限的威严，是一种美丽丰厚到极点后所自然呈现的“坤之德”。

“我听到你唱了！”十年前江校长的一句话改变了她的航向。

“我听到你唱了！”异乡的大厅里，观众以泪水向她呼叫。

我也听到她唱了，我会继续听到她的，一个歌者必然是一条溪，不断地汇聚，不断地流布，常将满腔激越的水声汇向另一个生命的涓流。

守着月光守着你

令飞老弟：

写这封信是因我可叵认识你。不过，且慢，你可并不认识我呀！别急，咱们老中无不善于“拉关系”。可叵不才，在此“人间”版上写了两年杂文，杂文是当年鲁老前辈的拿手绝活，所以咱们俩多少有点沾亲带故呢！

老弟不愧出身文化世家，前两天看你在报上活学活用，立刻把电视剧里的词儿给搬出来套在美丽的张纯华小姐身上，一句“守着阳光守着你”说得有多甜蜜呀！

不过，可叵总觉意犹未尽。写这封信的目的就是要请老弟赶紧另加一句：守着月光守着你。

你当我跟该剧制作人朱朱女士有仇吗？不是，不是，只因可叵是恋爱和结婚的过来人，所以要提供给你一些经验之谈。

话说恋爱这档事固然甜蜜，其缺点却在只能“守着阳光守着你”，跟恋人约会当然也可以用晚上时间，但“女孩子”这种生物的背后，依惯例总会有一些爸爸妈妈哥哥姊姊或执法如山的女舍监站在那里。连童话故事里的灰姑娘和王子跳舞跳到十二点钟也必须发足狂奔，赶紧回家，不敢有怠。

所以依可叵说，所谓结婚，便是在“守着阳光守着你”之后进一步争取“守着月光守着你”的权利。当然，如果有时没有月光，那就“守着星光守着你”。如果碰到刮风下雨，连星光也没有，那就“守着灯光守着你”。

总之，千言万语一句话，赶快结婚，以便既能共守阳光，也能共守月光。

关于记者，别理他们，你来台湾是结婚的，不是被记者穷追猛盯的，不要梦想等记者潮退了才来结婚，他们全是些精力过盛的超人。你跟他们蘑菇下去，难保不把张纯华小姐的头发都磨白了。

俗话说，“拣日不如撞日”，也不用挑什么好日子了，今天就办了大事吧！

如果新房一时弄不完工，那也不急，好好去转一圈，过完蜜月再回来。蜜月地点当然要保密，最好跑到金门或澎湖外岛去。否则，当你噗的一声吹熄洞房花烛的时候，难保不从床底下钻出两个头来，其中之一说：

“嗨，新郎新娘，对着我的镜头笑一个！我是台湾第一大报的摄影记者。”

另一个却说：

“不，不，我才是台湾第一大报！脸要向我这边笑！”

你真好，你就像我少年伊辰

她坐在淡金色的阳光里，面前堆着的则是一垛浓金色的柑仔。是那种我最喜欢的圆紧饱甜的“草山桶柑”。而卖柑者向例好像都是些老妇人，老妇人又一向都有张风干橘子似的脸。这样一来，真让人觉得她和柑仔有点什么血缘关系似的，其实卖番薯的老人往往有点像番薯，卖花的小女孩不免有点像花蕾。

那是一条僻静的山径，我停车，蹲在路边，跟她买了十斤柑仔。

找完了钱，看我把柑仔放好，她朝我甜蜜温婉地笑了起来——连她的笑也有蜜柑的味道——她说：“啊，你这查某真好，我知，我看就知——”

我微笑，没说话，生意人对顾客总有好话说，可是她仍抓住话题不放……

“你真好——你就像我少年伊辰一样——”

我一面赶紧谦称“没有啦”，一面心里暗暗好笑起来——奇怪啊，她和我，到底有什么是一样的呢？我在大学的讲堂上教书，我出席国际学术会议，我驾着标致的205在山径御风独行。在台湾，在香港，在北京，我经过海关关口，关员总会抬起头来说："啊，你就是张晓风。"而她只是一个老妇人，坐在路边，贩卖她今晨刚摘下来的柑仔。她却说，她和我是一样的，她说得那样安详笃定，令我不得不相信。

转过一个峰口，我把车停下来，望着层层山峦，慢慢反刍她的话，那袋柑仔个个沉实柔腻，我取了一个掂了掂。柑仔这种东西，连摸在手里都有极好的感觉，仿佛它是一枚小型的液态的太阳，可食、可触、可观、可嗅。

不，我想，那老妇人，她不是说我们一样，她是说，我很好，好到像她生命中最光华的那段时间一样好。不管我们的社会地位有多大落差，在我们共同对着一堆金色柑仔的时候，她看出来了，她轻易就看出来了，我们的生命基本上是相同的。我们是不同的歌手，却重复着生命本身相同的好旋律。

少年时的她是怎样的？想来也是个一身精力，上得山下得海的女子吧？她背后山坡上的那片柑仔园，是她一寸寸拓出来的吧？那些柑仔树，年年把柑仔像喷泉一样从地心挥洒出来的，也是她当日一棵棵栽下去的吧？满屋子活蹦乱跳的小孩，无疑也是她一手乳养大的？她想必有着满满实实的一生。而此刻，在冬日山径阳光下，她望见盛年的我向她走来购买一袋柑仔，她却想卖给我她长长的一生，她和一整座山的龃龉和谅解，她的伤痕和她的结痂。但她没有说，她只是温和地笑。她只是相信，山径上恒有女子走过——跟她少年时一样好的女子，那女子也会走出沉沉实实的一生。

我把柑仔掰开，把金船似的小瓣食了下去。柑仔甜而饱汁，我仿佛把老妇的赞许一同咽下。我从山径的童话中走过，我从烟岚的奇遇中走过，我知道自己是个好女人——好到让一个老妇想起她的少年，好到让人想起汗水，想起困厄，想起歌，想起收获，想起喧闹而安静的一生。

我交给你们一个孩子

小男孩走出大门，返身向四楼阳台上的我招手，说："再见！"那是好多年前的事了，那个早晨是他开始上小学的第二天。

我其实仍然可以像昨天一样，再陪他一次，但我却狠下心来，看他自己单独去了。他有属于他的一生，是我不能相陪的，母子一场，只能看作一把借来的琴弦，能弹多久，便弹多久，但借来的岁月毕竟是有其归还期限的。

他欢然地走出长巷，很听话地既不跑也不跳，一副循规蹈矩的模样。我一个人怔怔地望着巷子下细细的朝阳而落泪。

想大声地告诉全城市，今天早晨，我交给你们一个小男孩，他还不知恐惧为何物，我却是知道的，我开始恐惧，自己有没有交错?

我把他交给马路，我要他遵守规矩沿着人行道而行，但是，匆匆的路人啊，你们能够小心一点吗？不要撞倒我的孩子，我把我的至爱交给了纵横的道路，容许我看见他平平安安地回来。

我不曾搬迁户口，我们不要越区就读，我们让孩子读本区内的小学而不是某些私立明星小学，我努力去信任自己的教育当局，而且，是以自己的儿女为赌注来信任——但是，学校啊，当我把我的孩子交给你，你保证给他怎样的教育？今天清晨，我交给你一个欢欣诚实又颖悟的小男孩，多年以后，你将还我一个怎样的青年？

他开始识字，开始读书，当然，他也要读报纸、听音乐或看电视、电影，古往今来的撰述者啊，各种方式的知识传递者啊，我的孩子会因你们得到什么呢？你们将饮之以琼浆，灌之以醍醐，还是哺之以糟粕？他会因而变得正直、忠信，还是学会奸猾、诡诈？当我把我的孩子交出来，当他向这世界求知若渴，世界啊，你给他的会是什么呢？

世界啊，今天早晨，我，一个母亲，向你交出她可爱的小男孩，而你们将还我一个怎样的呢？！

例外的惭愧

有一件事，我十分惭愧，那就是：我经常都不惭愧。

唉，这句话说得那么吊诡，简直就像政客。听来我好像“惭愧于我的不惭愧”，却更像“并不惭愧于我的不惭愧”。

譬如说，我去人家家里吃饭，女主人烧得一手好菜，我一边吃得逸兴遄飞，一边诚心诚意地赞道：

“真惭愧呀，这么好吃的东西，我怎么就烧不出来呀！”

可是，等晚上回到家里，夜深人静之际，我仿佛听见极幽微的声音在提醒我：

“哎，我说，你这家伙，你说的话好像不太诚实哦！你想想，你真的惭愧吗？你说说罢了，你干吗说这种话？这世上说话不实在的人太多了，你还要再增加一个吗？”

我当下嗫嗫嚅嚅：

“哎呀，我并不是撒谎，我当时大概一时冲动吧？我其实并不打算来惭愧的，更不打算来改过，我下回小心不乱说不实之话就是了。”

其他的事依此类推，例如人家的屋子布置得如何雅洁清幽，人家的研究做得如何深沉扎实，人家的菜园整理得如何鲜翠欲滴，我其实都厚着脸皮轻易放过自己——动不动就惭愧，那，日子可要怎么过啊？

不过，倒有一桩“外套事件”例外：

大约十年前，我在暑假去新西兰旅游，住在朋友家里。台湾的暑假其实正逢新西兰的冬天，这一点，我虽然也知道，却仍然心存侥幸，不肯多带厚重的衣服。心里想，如此挥汗的溽暑，带着冬衣出门实在太奇怪了，管他的，等到了新西兰冷得受不了，再去借朋友的衣服来穿吧！

及至到了新西兰，我那几件毛衣实在挡不了事，心里立刻想去买衣服。刚好那天朋友开车带我出游，车子高速开过公路（新西兰人少车少，路又宽平，几乎每条路都可当高速公路来开），我忽然大叫：

“停车，停车——退回去，我看到一所教堂！”

“教堂怎么了？”

“教堂门口有草坪，草坪上有一块牌子，牌子上写着大义卖——”

“奇怪，”朋友半信半疑，“车子开那么快，你也看得到！”

但她还是把车退了回去，果真教堂在举行义卖。

义卖多半不卖什么好东西，都是些人家家里用不着的旧物品，倒是巧克力奶和饼干做得非常好，我们各点了一份。忽然，我看到了一件仿羽绒的美丽外套。哎呀，那刚好是我想要的，跑去一试，尺码正合，再看价钱，天哪，差不多合台币二千元，当天的大堂里，每件东西都贱价，就只这件外套死贵，怎么回事，我竟看上唯一一件贵货，便忍不住想还价。

“对，我知道。”摊位的主人说，“这是场子里最贵的东西，可是这是我朋友刚从美国寄来送我的，全新呢！”

天气实在冷，我立刻付了钱，并且舍不得脱下。

“这件衣服穿来不错，你，为什么不自己留着呢？”

“我不想穿那么奢华，我穿普通的衣服就好。而且，教堂需要钱！”

我这才仔细看她，她穿一件非常黯败的土色毛衣，她的人也带几分土色。我忽然惭愧起来，我这样随手就买了东西，而这东西却是原主人口中的奢侈品。

年年冬天，我穿这件衣服的时候，内心都十分惶愧。想起那清癯瘦小的主人，我觉得自己有点越分，但我又不能拿这件衣服去还她，只好小心翼翼爱惜着穿，好来赎我的罪咎。不管我能活几岁，不管我有多重要的场合须出席，我立志再不去买第二件冬衣。

我惭愧，对那位我不知名的南半球的穿着素朴的女子。平生极少生愧，但一想起那妇人安静的眼神，约敛的身体，低抑的语调，我就——惶恐惭愧。

第二辑

种种可爱

生活在这座城里，虽也有种种倒霉事，但奇怪的是，我记得住的而且在心中把玩不已的全是这些可爱的片段！这些从生活的渊泽里捞起来的种种不尽的可爱。

种种可爱

作为一个小市民有种种令人生气的事——但幸亏还有种种可爱，让人忍不住地高兴。

中华路有一家卖蜜豆冰的——蜜豆冰原来是属于台中的东西（木瓜牛奶也是），但不知什么时候台北也都有了——门前有一副对联，对联的字写得普普通通，内容更谈不上工整，却是情婉意贴，令人动容。

上句是：我们是来自纯朴的小乡村。

下句是：要做大台北无名的耕耘者。

店名就叫“无名蜜豆冰”。

台北的可爱就在各行各业间平起平坐的大气象。

永康街有一家卖面的，门面比摊子大，比店小，常在门口换广告词，冬天是“100℃的牛肉面”。

春天换上“每天一碗牛肉面，力拔山河气盖世”。

这比“日进斗金”好多了，我每看一次简直就对白话文学多生出一份信心。

有一天在剧场里遇见孟瑶，请她去喝豆浆，同车去的还有俞大纲老师和陈之藩夫人，他们都是戏剧家，很高兴地纵论地方剧，忽然，那驾驶员说：

“川剧和湖北戏也都是有帮腔的呀！”

我肃然起敬，不是为他所讲的话，而是为他说话的架势，那种与一代学者比肩谈话也不失其自信的本色。

台北的人都知道自己有讲话的分，插嘴的分。

好几年前，我想找一个洗衣兼打扫的半工，介绍人找了一位洗衣妇来。

“反正你洗完了我家也是去洗别人家的，何不洗完了就替我打扫一下，我会多算钱的。”

她小声地咕哝了一阵，介绍人郑重宣布：

“她说她不扫地——因为她的兴趣只在洗衣服。”

我起先几乎大笑，但接着不由得一凛，原来洗衣服也可以是一个人认真的“兴趣”。

原来即使是在“洗衣”和“扫地”之间，人也要有其一本正经的抉择，有抉择才有自主的尊严。

带一位香港的朋友坐计程车去找一个地方，那条路特别不好找，计程车驾驶员找过了头，然后又折回来。

下车的时候，他坚持要扣下多绕了冤枉路的钱。

“是我看错才走错的，怎么能收你们的钱？”

后来死推活拉，总算用折中的办法，把争执的差额付了。香港的朋友简直看得愣住了，我觉得大有面子。

祝福那位驾驶员！

我家附近有一个卖水果的，本来卖许多种水果，后来改了，只卖木瓜，见我走过，总要说一句：

“老师，我现在卖木瓜了——木瓜专科。”

又过了一阵，他改口说：

“老师，现在更进步了，是木瓜大学了。”

我喜欢他那骄矜自喜的神色，喜欢他四个肤色润泽的活蹦乱跳的孩子——大概都是木瓜大学作育有功吧？

隔巷有位老太太，祭祀很诚，逢年过节总要上供。有一天，我经过她设在门口的供桌，大吃一惊，原来她上供的主菜竟是洋芋沙拉，另外居然还有罐头。

后来想倒也发觉她的可爱，活人既然可以吃沙拉和罐头，让祖宗或神仙换换口味有何不可？

她的没有章法的供菜倒是有其文化交流的意义了。

从前，在中华路平交道口，总是有个北方人在那里卖大饼。我从来没有见过那种大饼整个一块到底有多大，但从边缘的弧度看来直径总超过二尺。

我并不太买那种饼，但每过几个月我总不放心地要去看一眼，我怕吃那种饼的人愈来愈少，卖饼的人会改行，我这人就是“不放心”（和平东路拓宽时，我很着急，生怕师大当局一时兴起，把门口那开满串串黄花的铁刀木砍掉，后来一探还在，高兴得要命）。

那种硬硬厚厚的大饼对我而言差不多是有生命的，北方黄土高原上的生命，我不忍看它在中华路上慢慢绝种。

后来不知怎么搞的，忽然满街都在卖那种大饼，我安心，真可爱，真好，有一种东西暂时不会绝种了！

华西街是一条好玩的街，儿子对毒蛇发生强烈兴趣的那一阵子我们常去。我们站在毒蛇店门口，一家一家地去看那些百步蛇、眼镜蛇、雨伞蛇……

“那条蛇毒不毒？”我指着一条又粗又大的问店员。

“不被咬到就不毒！”

没料到是这样一句回话，我为之暗自惊叹不已。其实，世事皆可作如是观：有浪，但船没沉，何妨视作无浪；有陷阱，但人未失足，何妨视作坦途。

我常常想起那家蛇店。

有一天在一家公司的墙上看到这样一张小纸条：

“请随手关灯，节约能源，支援十大建设。”

看了以后，一下子觉得十大建设好近好近，好像就是家里的事，让人觉得就像自家厨房里添抽风机或浴室里要添热水炉，或饭厅里要添冰箱的那份热闹亲切的喜气。——有喜气就可以省着过日子，省得扎实有希望。

为了整修“我们咖啡屋”，我到八斗子渔港去买渔网，渔网是棉纱的，用山上采来的一种植物染成赭红色，现在一般都用尼龙的了，那种我想要的老式的棉纱渔网已成古董。

终于找到一家有老渔网的，他们也是因为舍不得，所以许多年来一直没丢，谈了半天他们决定了价钱：

“二角三！”

二角三就是两千三百的意思，我只听见城里市面上的生意人把一万说成一块，没想到在偏僻的八斗子也是这样说的。大家说到钱的时候，全都不当回事，总之是大家都有钱了，把一万元说成一块钱的时候，颇有那种偷偷地志得意满而又谦逊不露的劲头。

有一阵子，我的公交月票掉了，还没有补办好再买的手续以前，我只好每次买票——但是因为平时没养成那份习惯，每看见车来，很自然地跳上去了，等发现自己没有月票，已经人在车上了。

这种时候，车掌多半要我就便在车上跟其他乘客买票——我买了，但等我付钱时那些卖主竟然都说：“算了，不要钱了。”一次犹可，连着几次都是这样，使我着急起来，那么多好人，令人“无所逃于天地之间”，长此以往，我岂不成了“免费乘车良策”的发明人了，老是遇见好人也真是让人非常吃不消的事。

我的月票始终没去补办，不过却幸运地被捡到的人辗转寄回来了，我可以高高兴兴地不再受惠于人了——不过偶然想起随便在车上都能遇见那么多肯“施惠于人”的好人，可见好人倒也不少，台北究竟还是个适合人住的地方。

在一家最大规模的公立医院里，看到一个牌子，忍不住笑了起来，那牌子上这样写着：“禁止停车，违者放气。”

我说不出地喜欢它！

老派的公家机关，总不免摆一下衙门脸，尽量在口气上过官瘾，碰到这种情形，不免要说“违者送警”或“违者法办”。

美国人比较干脆，只简简单单的两个大字“No Parking”——“勿停”。

但口气一简单就不免显得太硬。

还是“违者放气”好，不凶霸不懦弱，一点不涉于官方口吻，而且憨直可爱，简直有点孩子气的作风——而且想来这办法绝对有效。

有个朋友姓李，不晓得走路的习惯是偏于内八字或外八字——总之，他的鞋跟老是磨得内外侧不一样厚。

他偶然找到一个鞋匠，请他换鞋跟，很奇怪的，那鞋匠注视了一下，居然说：“不用换了，只要把左右互调一下就是了，反正你的两块鞋跟都还有一半是好用的！”

朋友大吃一惊，好心劝告他这样处处替顾客打算，哪里有钱赚，他却也理直气壮：

“该赚的才赚，不该赚的就不赚——这块鞋底明明还能用。”

朋友刮目相看，然后试探性地问他：

“做了一辈子事，退了役还得补鞋，政府真对不起你。”

“什么？人人要这样一想还得了，其实只有我们对不起政府，政府哪有什么对不起我们的。”

朋友感动不已，嗫嗫嚅嚅地表示要送他一套旧西装（他真的怕会侮辱他），他倒也坦然接受了。

不知为什么，朋友说这故事给我听的时候，我也不觉得陌生，而且真切得有如今天早晨我才看过那老鞋匠似的。

有一次在急诊室看医生急救病人，病人已经昏迷了，氧气罩也没用了，医生狠劲地用一个类似皮球的东西往里面压缩氧气。

至少是呼吸系统有毛病。

两个医生轮流压，像打仗似的。

渐渐地，他清醒了，但仍说不出话来，医生只好不断发问来让他点头摇头，大概问十几个问题才碰得上一个点头的答案。

他是在路上发病的，一个亲人也没有，送他来的是一个不相干的人。

后来发现他可以写字——虽然他眼睛一直是闭着的。

医生问他的病历，问他是不是服过某些成药，问他现在的感觉，忽然，那医生惊喜地叫了一声：

“写下去，写下去，再写！你写得真好——哎，你的字好漂亮。”

整个急救的过程，我都一面看一面佩服，但是当他用欢呼的声音去赞美那病人不成笔画的字的时候，我却为之感动得哽咽起来。

病人果真一路写下去。

也许那病人想起了什么，虽然闭着眼睛，躺在床上仰面而写，手是从生死边缘被救回来的颤抖不已的手——但还有人在赞美他的字！也许是颜体的，也许是柳体，也许什么都不是，只是一个活着的人写的字，可贵的是此刻他的字是“被赞美的字”。

那医生救人的技能来自课本，但他赞美病人的字迹却来自智慧和爱心，后者更足以使整个的急救室像殿堂一样地神圣肃穆起来。

有一位父执辈，颇有算八字的癖好，谁家有了刚生的孩子，他总要抢来时辰，免费服务一番——那是他难得实习的机会。

算久了，他倒有一个发现，现代孩子的命普遍都比老一辈好，他又去找同道证实，得到的结论也都一样，他于是很高兴，说：

“时运一定是好的了，要不是时运好，哪有那么多命好的孩子。”

我自己完全不知道八字是怎么一回事，但听到他的话仍不免欢欣雀跃，甚至肃然起敬——为那些一面在排着神秘的八字一面又不忘忧心时事的人。

在澄清湖的小山上爬着，爬到顶，有点疑惑不知该走哪一条路回去，问道于路旁的一个老兵。

那人简直不会说话得出奇，他说：

“看到路——就走，看到路——就走，再看到路——再走，就到了。”

我心里摇头不已，怎么碰到这么呆的指路人！

赌气回头自己走，倒发现那人说的也没错，的确是“看到路——就走”，渐渐地，也能咀嚼出一点那人言语中的诗意来，天下事无非如此，“看到路——就走”，哪有什么一定的金科玉律，一部二十五史岂不是有路就走——没有路就开路，原来万物的事理是可以如此简单明了——简单明了得有如呆人的一句呆话。

西谚说，把幸运的人丢到河里，他都能口衔宝物而归，我大概也是幸运的人，生活在这座城里，虽也有种种倒霉事，但奇怪的是，我记得住的而且在心中把玩不已的全是这些可爱的片段！这些从生活的渊泽里捞起来的种种不尽的可爱。

平视，也有美景

在香港，如果要约人相会，最好的见面地点似乎没什么可争议的，当然是高大醒目的汇丰银行。它离地铁近，是无人不知的地标。

那天，我便和朋友约在那里见面，打算坐缆车上山去吃饭观景。汇丰银行唯一的缺点是范围太大，且因“人同此心”，在此处等人的人每以百计。假日期间菲佣袖聚，如同市集，所以有必要再指定一个小范围来碰头。

“铜狮子吧！”朋友建议，“面对银行右边的那一只。”

朋友细心，狮子照例是一对，如果不说明左右，到时候总有点令人心慌。

我早到了，路远，不容易控制时间，多出二十分钟便只好拿来四处打量人群。新雨初晴，万头攒动，港人是什么大风大浪都经过了，“上海汇丰银行”的盛名炳炳彪彪，比起新贵，它是老牌多了。而那两只狮子威仪赫赫，是往昔的也是今日的荣耀。

我于香港，虽是身居过客时为多，但我在这里曾教过书，我的戏也在此演过。我且拥有这个地区的身份证和汇丰提款卡，使我和她之间不免觉得有点两情缱绻起来。

铜狮子曾被多少双手摸过？它永远那么光滑润泽，摸它的人都心怀喜悦吧？它那么雄壮，却那么驯良无害，每个人都可以一亲它那铜质的清凉的肌肤。

来了一对情侣，在狮身前合照后离去。

来了一个小孩，被大人抱起，摸了一把狮毛，咯咯地笑着走了。

来了一个女子，细瘦郁悒，她轻轻地握了狮腿，面无表情地走开。

我站在一旁看，我想起西方中古世纪有一种“带状演戏”的方法（这不是学术名词，是我为了方便说明姑且用之的讲法）。那时代，有些野台戏的演法是让观众站在路旁，演员则站在车子上（有点像电子花车），车到定位便停下来演一段献给路边的戏迷看。然后车子开走，然后下面会再开来一车，车上的演员会提供下一回合的剧情。如此一车车的情节串成悲欢离合，串成善恶报应，观众则在虚实幻设中喟叹、嬉笑、流泪……

我今也是站在银行前的定点上看众生演出、离去、演出、离去……的戏迷。

然后，我看到有个穿黑色唐装的老人扶着杖走来，他慢慢地摸了狮头，又摸了狮座。

“咦，怎么有水？”他叫了一声。

“刚才下过一阵雨。”旁边回答他的年轻女子看来像他的女儿。我这才注意到，他是个瞎子。

“以前，我是看过铜狮子的！好久了！”他说。

啊，女儿真好，真贴心，只有女儿才会想到要带盲眼的父亲出来散心，并且来摸摸这铜狮子。

我要约的朋友来了，我们一起去排队坐缆车。不料等缆车的时候，又碰到这对父女。我的广东话虽不怎么样，却厚着脸皮去找那女孩搭话：

“他是你什么人呀？”

“他是我爹地！”

“你真有心（这句话在粤语中有点等于体贴细致的意思），你爹地有你这样的女儿好福气！”

这时朋友忽然对女孩说：

“我看你有点面熟哩！”

“我看你也是呀！”女孩说。

两人终于对出来了，朋友因为是牧师，有时会去各教堂讲道，他们曾在教堂见过。

于是聊起来，知道他们从广东来香港三十年了，知道她爸爸是这些年失明的，知道这位身着黑色唐装的老人从前是读过中国古书的。

“会背好多文章和诗词歌赋呢！”女孩无限景仰地夸耀着，老人则温和地浅笑。

“你有这个女儿，好过人家好多仔（儿子）哩！”

老人一径微笑，用最谦逊的表情承认了他的骄傲。

到太平山坐缆车并赴山顶餐厅吃饭，一般人目的只有一个，便是俯瞰山下的千门万户和依依港湾——我不好意思问女孩，对于失明的父亲，这一切，不都浪费了吗？

然而，缆车上，闭上眼，我揣摩盲人的世界，车子往上攀爬的时候，其实身体也是有感觉的。下了缆车，如鞭的山风自然跟平地是迥然不同的。盲人于风景既不能俯望也不能仰望，但当女儿牵着他手徐徐前行的时候，他会知道，自己就是令人羡慕的大好的风景。

餐厅的人潮里我们走失了，但我知道，午餐的好味道他是嚼得出来的，而午后山径上的阳光，他也必然知道其好处在哪里。

不属于视觉的好东西其实也蛮多的，其中最好的一项当然便是女儿——一个笑语朗朗，半肩柔发，一路搀着父亲的好女儿。

下一次，下一次我如果再去汇丰总行，我会好好摸一下那只铜狮子。我会感知触摸的世界是如何清凉有致，感知世间曾有多少只手，各以他们一己的体温和指纹留下他们无言的故事。

登高俯瞰，原是许多城市常见的观光项目。如果你坐进旋转餐厅吃饭，你还可以看到整个三百六十度的“完全景观”——但我真正志之不忘的，其实只是在寻常的小街角，用平视的角度所看到的小人物，以及他们平凡而又庸常的父慈子孝。平视——不一定要仰视或俯视——也有美景。

一句好话

小时候过年，大人总要我们说吉祥话，但碌碌半生，竟有一天我也要教自己的孩子说吉祥话了，才蓦然警觉这世间好话是真有的，令人思之不尽，但却不是“升官”“发财”“添丁”这一类的，好话是什么呢？冬夜的晚上，从爆白果的馨香里，我有一句没一句地想起来了。

“你们爱吃肥肉？还是瘦肉？”

讲故事的是个年轻的女用人名叫阿密，那一年我八岁，听善忘的她一遍遍重复讲这个她自己觉得非常好听的故事，不免烦腻，故事是这样的：

有个人啦，欠人家钱，一直欠，欠到过年都没有还哩，因为没有钱还嘛。后来那个债主不高兴了，他不甘心，所以到了吃年夜饭的时候，就偷偷跑到欠钱的家里，躲在门口偷听，想知道他是真没有钱还是假没有钱，听到开饭了，那欠钱的说：“今年过年，我们来大吃一顿，你们小孩子爱吃肥肉？还是瘦肉？”（顺便插一句嘴，这是个老故事，那年头的肥肉瘦肉都是无上美味。）

那债主站在门外，听得清清楚楚，气得要死，心里想，你欠我钱，害我过年不方便，你们自己原来还有肥肉瘦肉拣着吃哩！他一气，就冲进屋里，要当面给他好看，等到跑到桌上一看，哪里有肉，只有一碗萝卜一碗番薯，欠钱的人站起来说：“没有办法，过年嘛，萝卜就算是肥肉，番薯就算是瘦肉，小孩子嘛！”

原来他们的肥肉就是白白的萝卜，瘦肉就是红红的番薯。他们是真穷啊，债主心软了，钱也不要了，跑回家去过年了。

许多年过去了，这个故事每到吃年夜饭时总会自动回到我的耳畔，分明已是一个不合时宜的老故事，但那个穷父亲的话多么好啊，难关要过，礼仪要守，钱却没有，但只要相恤相存，菜根也自有肥腴厚味吧！

在生命宴席极寒俭的时候，在关隘极窄极难过的时候，我仍要打起精神对自己说：“喂，你爱吃肥肉？还是瘦肉？”

“我喜欢跟你用同一个时间。”

他去欧洲开会，然后转美国，前后两个月才回家，我去机场接他，提醒他说："把你的表拨回来吧，现在要用台湾时间了。"

他愣了一下，说："我的表一直是台湾时间啊！我根本没有拨过去！"

"那多不方便！"

"也没什么，留着台湾的时间我才知道你和小孩在干什么，我才能想象，现在你在吃饭，现在你在睡觉，现在你起来了……我喜欢跟你用同一个时间。"

他说那句话，算来已有十年了，却像一幅挂在门额的绣锦，鲜色的底子历经岁月，却仍然认得出是强旺的火。我和他，只不过是凡世中，平凡又平凡的男子和女子，注定是没有情节可述的人，但久别乍逢的淡淡一句话里，却也有我一生惊动不已、感念不尽的恩情。

"好咖啡总是放在热杯子里的！"

经过罗马的时候，一位新识不久的朋友执意要带我们去喝咖啡。

"很好喝的，喝了一辈子难忘！"

我们跟着他东抹西拐大街小巷地走，石块拼成的街道美丽繁复，走久了，让人会忘记目的地，竟以为自己是出来踏石块的。

忽然，一阵咖啡浓香侵袭过来，不用主人指引，自然知道咖啡店到了。

咖啡放在小白瓷杯里，白瓷很厚，和中国人爱用的薄瓷相比另有一番稳重笃实的感觉。店里的人都专心品咖啡，心无旁骛。

侍者从一个特殊的保暖器里为我们拿出杯子，我捧在手里，忍不住讶道。

“咦，这杯子本身就是热的哩！”

侍者转身，微微一躬，说：“女士，好咖啡总是放在热杯子里的！”

他的表情既不兴奋，也不骄矜，甚至连广告意味的夸大也没有，只是在淡淡地说一句天经地义的事而已。

是的，好咖啡总是应该斟在热杯子里的，凉杯子会把咖啡带凉了，香气想来就会蚀掉一些，其实好茶好酒不也都如此吗?

原来连“物”也是如此自矜自重的，庄子中的好鸟择枝而栖，西洋故事里的宝剑深锲石中，等待大英雄来抽拔，都是一番万物的清贵，不肯轻易亵慢了自己。古代的禅师每从喝茶喂粥去感悟众生，不知道罗马街头那端咖啡的侍者也有什么要告诉我的，我多愿自己也是一份千研万磨后的香醇，并且慎重地斟在一只洁白温暖的厚瓷杯里，带动一个美丽的清晨。

“将来我们一起老。”

其实，那天的会议倒是很正经的，仿佛是有关学校的研究和发展之类的。

有位老师，站了起来，说：“我们是个新学校，老师进来的时候都一样年轻，将来要老，我们就一起老了……”

我听了，简直是急痛攻心，赶紧别过头去，免得让别人看见眼泪——从来没想到原来同事之间的萍水因缘也可以是这样的一生一世啊！学院里平日大家都忙，有的分析草药，有的解剖小狗，有的带学生做手术，有的正埋首典籍……研究范围相差既远，大家都不暇顾及别人，然而在一度一度的后山蝉鸣里，在一阵阵的上课钟声间，在满山台湾相思芬芳的韵律中，我们终将垂垂老去，一起交出我们的青春而老去。

“你长大了，要做人了！”

汪老师的家是我读大学的时候就常去的，他们没有子女，我在那里从他读“花间词”，跟着他的笛子唱昆曲，并且还留下来吃温暖的羊肉涮锅……

大学毕业，我做了助教，依旧常去。有一次，为了买一本买不起的昂价的书便去找老师给我写张名片，想得到一点折扣优待。等名片写好了，我拿来一看，忍不住叫了起来：“老师，你写错了，你怎么写‘兹介绍同事张晓风’，应该写‘学生张晓风’的呀！”

老师把名片接过来，看看我，缓缓地说：“我没有写错，你不懂，就是要这样写的，你以前是我的学生，以后私底下也是，但现在我们在一所学校里，你是助教，我是教授，阶级虽不同却都是教员，我们不是同事是什么！你不要小孩子脾气不改，你现在长大了，要做人了，我把你写成同事是给你做脸，不然老是‘同学’‘同学’的，你哪一天才成人？要记得，你长大了，要做人了！”

那天，我拿着老师的名片去买书，得到了满意的折扣，至于省掉了多少钱我早已忘记，但不能忘记的却是名片背后的那番话。直到那一刻，我才在老师的爱纵推重里知道自己是与学者同其尊与长者同其荣的，我也许看来不“像”老师的同事，却已的确“是”老师的同事了。

竟有一句话使我一夕成长。

遇

一

生命是一场大的遇合。

一个民歌手，在洲渚的丰草间遇见关关和鸣的雎鸠——于是有了诗。

黄帝遇见磁石，蒙恬初识羊毛，立刻有了对物的惊叹和对物的深情。

牛郎遇见织女，留下的是一场恻恻然的爱情，以及年年夏夜，在星空里再版又再版的永不褪色的神话。

夫子遇见泰山，李白遇见黄河，陈子昂遇见幽州台，米开朗琪罗在混沌未凿的大理石中预先遇见了少年大卫，生命的情境从此就不一样了。

就不一样了，我渴望生命里的种种遇合，某本书里有一句话，等我去读、去拍案。田间的野老，等我去了解、去惊识。山风与发，冷泉与舌，流云与眼，松涛与耳，他们等着，在神秘的时间的两端等着，等着相遇的一刹——一旦相遇，就不一样了，永远不一样了。

我因而渴望遇合，不管是怎样的情节，我一直在等待着种种发生。

人生的栈道上，我是个赶路人，却总是忍不住贪看山色。生命里既有这么多值得驻足的事，相形之下，会不会误了宿头，也就不是那样重要的事了。

二

菲律宾机场意外的热，虽然，据说七月并不是他们最热的月份。房顶又低得像要压到人的头上来，海关的手续毫无头绪，已经一个钟头过去了。

小女儿吵着要喝水，我心里焦烦得要命，明明没几个旅客，怎么就是搞不完。我牵着她四处走动，走到一个关卡，我不知道能不能贸然过去，只呆呆地站着。

忽然，有一个皮肤黝黑、身穿镂花白衬衫的男人，提着个007的皮包穿过关卡，颈上一串茉莉花环。看他的样子不像是中国人。

茉莉花是菲律宾的国花，串成儿臂粗的花环白盈盈的一大嘟噜，让人分不出来是由于花太白，白出香味来了，还是香太浓，浓得凝结成白色了。

而作为一个中国人，无论如何总霸道地觉得茉莉花是中国的，生长在一切前庭后院，插在母亲鬓边，别在外婆衣襟上，唱在儿歌里的：

“好一朵美丽的茉莉花……”

我搀着小女儿的手，凝望着那花串，一时也忘了溜出来是干什么的。机场不见了，人不见了，天地间只剩那一大串花，清凉的茉莉花。

“好漂亮的花！”

我不自觉地脱口而出。用的是中文，反正四面都是菲律宾人，没有人会听懂我在喃喃些什么。

但是，那戴花环的男人忽然停住脚，回头看我，他显然是听懂了。他走到我面前，放下皮包，取下花环，说：

“送给你吧！”

我愕然，他说中国话，他竟是中国人，我正惊诧不知所措的时候，花环已经套到我的颈上来了。

我来不及地道了一声谢，正惊疑间，那人已经走远了。小女儿兴奋地乱叫：

“妈妈，那个人怎么那么好，他怎么会送你花的呀？”

更兴奋的当然是我，由于被一堆光璨晶射的白花围住，我忽然自觉尊贵起来，自觉华美起来。

我飞快地跑回同伴那里去，手续仍然没办好，我急着要告诉别人，愈急愈说不清楚，大家都半信半疑以为我开玩笑。

“妈妈，那个人怎么那么好，他怎么会送你花的呀？”小女儿仍然誓不甘休地问。

我不知道，只知道颈间胸前确实有一片高密度的花丛，那人究竟是感动于乍听到的久违的乡音？还是简单地想“宝剑赠英雄”，把花环送给赏花人？还是在我们母女携手处看到某种曾经熟悉的眼神？我不知道，他已经匆匆走远了，我甚至不记得他的面目，只记得他温和的笑容，以及非常白非常白的白衫。

今年夏天，当我在南部小城母亲的花圃里摘弄成把的茉莉，我会想起去夏我曾偶遇到一个人、一串花，以及魂梦里那圈不凋的芳香。

三

那种树我不知道是黄槐还是铁刀木。

铁刀木的黄花平常老是簇成一团，密不通风，有点滞人，但那种树开的花却松疏有致，成串地垂挂下来，是阳光中薄金的风铃。

那棵树被圈在青苔的石墙里，石墙在青岛西路上。这件事我已经注意很久了。

我真的不能相信在车尘弥天的青岛西路上会有一棵那么古典的树，可是，它又分明在那里，它不合逻辑，但你无奈，因为它是事实。

终于有一年，七月，我决定要“犯一点小小的法”，我要走进那个不常设防的柴门，我要走到树下去看那交枝错柯美得逼人的花。一点没有困难，只几步之间，我已来到树下。

不可置信的，不过几步之隔，市声已不能扰我，脚下的草地有如魔毯，一旦踏上，只觉身子腾空而起，霎时间已来到群山清风间。

这一树黄花在这里进行说法究竟有多少夏天了？冥顽如我，直到此刻直撅撅地站在树下仰天，才觉万道花光如当头棒喝，夹脑而下，直打得满心满腔一片空茫。花的美，可以美到令人恢复无知，恢复无识，美到令人一无依恃，而光裸如赤子。我敬畏地望着那花，哈，好个对手，总算让我遇上了，我服了。

那一树黄花，在那里说法究竟有多少夏天了？

我把脸贴近树干，忽然，我惊得几乎跳起来，我看到蝉壳了！土色的背上一道裂痕，眼睛部分晶凸出来，那样宗教意味的蝉的遗蜕。

蝉壳不是什么稀罕东西，但它是我三十年前孩提时候最爱拣拾的宝物，乍然相逢，几乎觉得是神明意外的恩宠。他轻轻一拨，像拨动一座走得太快的钟，时间于是又回到混沌的子时，三十年的人世沧桑忽焉消失，我再度恢复为一个一无所知的小女孩，沿着清晨的露水，一路去剥下昨夜众蝉新蜕的薄壳。

蝉壳很快就盈握了，我把它放在地下，再去更高的枝头剥取。

小小的蝉壳里，怎么会容得下那长夏不歇的鸣声呢？那鸣声是渴望？是欲求？是无奈的独白？

是我看蝉壳，看得风多露重，岁月忽已晚呢，还是蝉壳看我，看得花落人亡，地老天荒呢？

我继续剥更高的蝉壳，准备带给孩子当不花钱的玩具。地上已经积了一堆，我把它背上裂痕贴近耳朵，一一于未成音处听长鸣。

而不知什么时候，有人红着眼睛从甬道走过。奇怪，这是一个什么地方？青苔厚石墙，黄花串珠的树，树下来来往往悲泣的眼睛？

我探头往高窗望去，香烟缭绕而出，一对素烛在正午看来特别黯淡的室内跃起火头。我忽然警悟，有人死了！然后，似乎忽然间我想起，这里大概就是台大医院的太平间了。

流泪的人进进出出，我呆立在一堆蝉壳旁，一阵当头笼罩的黄花下。忽然觉得分不清这三件事物，死、蝉壳以及正午阳光下亮得人眼眩的半透明的黄花。真的分不清，蝉是花？花是死？死是蝉？我痴立着，不知自己遇见了什么？

我后来仍然日日经过青岛西路，石墙仍在，我每注视那棵树，总是疑真疑幻。我曾有所遇吗？我一无所遇吗？当树开花时，花在吗？当树不开花时，花不在吗？当蝉鸣时，鸣在吗？当鸣声消歇，鸣不在吗？我用手指摸索着那粗粝的石墙，一面问着自己，一面并不要求回答。

然后，我越过它走远了。

然后，我知道那种树的名字了，叫阿勃拉，是从梵文译过来的，英文是golden shower，怎么翻呢？翻成金雨阵吧！

壶茶与袋茶的哲学

茶，是亚洲文明。

咖啡，是非洲文明。

欧洲呢？欧洲好像没有饮料文明，他们又喝茶又喝咖啡，不过，他们真正常喝的应该是牛奶。

骄傲的中国人当然不把那种吃奶的民族放在眼里，我们继续喝我们的茶，而且坐看美国人和英国人为茶叶税而开起火来。我们不管是大不列颠赢了还是美利坚合众国赢了，我们从从容容地上第二道茶，我们说，茶叶赢了。

中国人的茶当然是有其境界的。一把庄稼汉喝的大锡壶也好，一把潮州人喝的小小的功夫茶壶也好，中国人的茶总是由茶壶里倒出来的。

一壶茶代表的是一家人，一块田里的工人，或一伙朋友。总之，一壶茶周围是一小群紧密相倚的人。能在一把壶里喝茶，是中国传统社会里很幸福的特征。

但茶传到西方过了若干年，办法居然不一样了，西洋人发明了袋茶。

袋茶泡起来又干净又省事，万一由于没有人喝而糟蹋了，其损失也比较小。但不管袋茶有多少好处，中国的品茶专家还是一愣一愣地想不通洋人怎么会发明这种怪物。

基本上来说，袋茶是个人主义的产物。

一个死了老伴的老太太，泡一大壶茶干什么呢？一个走进实验室便有如走进城寨堡垒一般的教授，一袋茶不是很够了吗？孩子长到十五岁，谁还想跟老爸共斟一壶茶呢？

壶茶是温馨的，壶是圆心，向周围辐射出一张张闲适安宁的脸。壶茶又像井，一家人从早到晚向其中汲取甘润。

袋茶却只在杯子里，袋茶是孤独的现代人的表征。

袋茶并不一定难喝（它的品质也有不错的），袋茶甚至也可以在友朋聚集时用，但不管你用了几十包袋茶，仍然是人手一杯，各自打点着自己的那一份，真个是“如人饮袋茶，冷暖浓淡凭自知”。个人主义不好吗？也没什么不好，只是提起来心头有些惆怅就是了。作为一个中国人，可叵仍然怀念着壶茶的境界。

你要问可叵自己呢？可叵很矛盾，因为可叵一向是个手里拿着圆珠笔，心里却又怀念着毛笔的家伙。同理，可叵一面住公寓，一面想着四合院；一面喝袋茶，一面却又神往壶茶。这类事，恐怕是许多中国人的问题之一吧！

吵架的哲学

可叵从小深明大义，奉行“君子动口，小人动手”的哲学，从来不跟人打架——一向只孜孜于跟人吵架，到如今，积三十余年的经验，颇可立论著书了。

这个世界问题太多，但百分之九十九点九不能靠拳头解决，否则你打我我打你，徒然便宜了外科医生而已，可叵悲天悯人，是以大力提倡吵架哲学。“打架的”是暴力分子，“有话好好讲的”是老好人，唯“吵架者”可得其中庸之道。

你道吵架还有这么大的哲学吗？连王婆都会骂街，这玩意谁都会。其实大大错了，王婆压根不会吵架，她只会骂人，骂人是“独角戏”，毫无艺术情节。吵架的两大忌讳一个便是“王婆骂街式”的，另一个则是“赵姨娘背后血口咒人式”的，背着人叽叽咕咕地咒诅，不登大雅之堂，入不了吵架大家的法眼。

我奉劝天下主管要找助手，天下助手要找主管，或是男人找老婆，或是女人找老公，都务必把“善于吵架”考虑进去。古人是“男怕入错行，女怕嫁错郎”，现代人进步了，“女也怕入错行，男也怕娶错妇”，跟古人相比，整整多了两倍的痛苦。所以择人之际尤须谨慎，但如果记住以“善于吵架”为标准，则大抵不会太不幸。

但是，吵架之境界究竟如何？且听可叵略分四等道来：

上上品的吵架是不“吵”而“架”式已定，属于“不战而威”“不言而化”的境界。不过这种人才旷世难求，偶然出现，就是“一怒而定天下”的政治大家，如商汤之流。

其次是金声玉振，条分缕析，旁征博引，侃侃道来，每句话都值得记者小子跟在背后记录成格言大全，直说得对方渐渐招架不住，恨不得裂地藏身。

再次者是勇往型，粗喉嗄嗓，力竭声嘶，别人刚扔一只茶杯，他就扔一组茶壶，别人才刚说想删去他的十万预算，他就立刻举出去年因为删了二万结果损失了二十万的大道理。这种人该闹就闹，该收就收，绝不恋战，所以所向无敌。

再其次是鼻涕型，每不顺遂，声泪俱下，此法不论男女，行来都甚有绩效。刘备善哭，也给他弄下一片江山，此法虽不高明，却也不可小觑。

总之，下属如果碰上不会吵架的主管，谁去替你争取福利呢？老板碰到不会吵架的部下，生意全给别人抢跑了。太太碰到不会吵架的先生，只好瞪着眼任老师打小毛的屁股；先生娶了不会吵架的太太，说不定将来集中办理，把满肚子闷气都带到精神病院去了。

吵架是一种“很性格的交谈法”，奉劝大家练舌如练剑，屏气执中，意在势先，直练出霞光万道，祥云千朵，如此，人生才能多姿，社会才能精彩。连佛教的禅师也个个都是说理吵架的高手，我们千万不要再做不善吵架的瘟生了，切记！切记！

火中取莲

认识孙超这人，会使人有个冲动——老想给他写传记，因为太精彩。其实说传记还不太对，传记嫌平面，孙超的生平适合编成话本，有话有唱有板有眼一路演绎下去（或演义下去），这，先从三代说起吧：

轰然一声，三进大屋的第一进炸成平地。

接着，第二进也倒了。

那是中日战争的年代，地点则在自古以来一直和“战争”连在一起的徐州城。

一家人都逃光了，只剩下一位老妇人不动如山，端坐在第三进堂屋里。有个日本军人直走进来，看见她夷然自若地抽着水烟袋，啪哒——啪哒——日本人刚入城，是这片沦陷区的新主人，但她是这所屋子的主人，一向就是。现在屋子虽炸了，但主人还是主人，她不打算站起身来。

日本军人心虚了，他恭恭敬敬地放了一些东西在桌上，是罐头，沦陷区最实惠的礼物。老妇人用大袖一拂，所有的罐头砰砰然全落在地上。

依照当时战胜军人的气焰，此刻洗劫全家，亦无不可，但那军人走开了，走到藏书的地方，拿了几本书就走了。

那老妇人是孙超的奶奶。

她把全家赶走，说："逃得愈远愈好。"可是她自己却留了下来。只凭一口气，跟整个日本军比强。

逃难的孙超和母亲冲散了，母亲炸死，父亲也回了老家。开始自己流浪的那一年，他八岁。等胜利还乡，他十六了，在徐州女师附小读了二年半，又碰到第二次劫难，于是又开始第二次的飘徙，平生最拿得出手的资历，大约就是流浪吧！

"绝不拿别人的东西！"

从小离家，但从来没遭过人白眼，只因家里规矩大，教得严，看到别人有好东西，规定先把手背到背后才准看，绝对不去碰一下。这简单而彻底的训练使孙超成为一介不取的人，而且，日后艺术上也一空依傍，绝不捡现成的便宜，他永远只取属于自己的东西。

出来的时候是青年军。连保送军校也不肯去念，他只想纯当兵，只想打最直接的仗。舍生不是难事，难的是二十年刻板严苛的军旅生活适应。那些年最大的慰藉是读书，读极硬的书。

记得有一本罗光著的《中国哲学史》，定价四十元，当年他的月薪十八元，他便去替人打毛衣（奇怪，一个大男人竟会织毛衣），三个月以后才存够买书的钱。

有一年，岁暮，有位中学老师邀他到家里去吃饭。他从清泉岗出发到台中市赴宴。绕着主人的屋子走了几圈，伸出的手几度缩回，竟不敢按铃，篱内的温暖家居图，不是这身二尺半可以撞进去的吧？严重的自尊心和自卑感交战后，他终于爽约了。

回部队的车子晚上才有，他竟不知该去哪里。逛着逛着，他很自然地走进书店，老板娘站近他，眼睛盯着他不放，她怀疑这年轻的大兵是来偷书的，她的疑虑不算太错，他的确没钱买书，但不是来偷书，他来看书——也许不是看书，只因店里有光，书里有知识的闸门，而当晚他正无处可去。出身于有钱有势有根底的家庭，几曾受过这种侮辱，他夺门而出。

去哪里呢？无非是另一家书店。

第二家书店是客家人开的，他们暗暗地用自以为别人听不懂的客家话说："那个兵，看样子要偷书。"他惊怒欲绝，放回书，冲出店门，把自己投身在十二月的冷风里。

总不能再到第三家书店去受凌辱吧？他踉跄在华灯四射的小城里。

忽然，他听到歌声，前面是一所教堂，门口站着一个牧师，红润的脸，亲和的微笑，看到这年轻的兵，他恭恭敬敬地鞠了一个躬，伸手延客说：

“请进。”

他走了进去，诗班正唱着巴哈的弥撒曲，他忽然大恸，跪倒圣坛前，泪下如雨，再也站不起来。礼拜的人陆续离去，他仍跪在那里哭，善解人意的牧师远远站着，等他哭，所有的人早走光了，但一腔的委屈和压抑的泪却是流不完的啊。牧师耐心地等着，他走的时候，牧师和他握手，说：“下回再来。”

曾经，在战时，炸弹炸死前前后后的人，他却幸运地捡回了自己的生命。

而这一个圣诞夜，在一颗心几乎被痛苦扼死之际，一个微笑一声请进，使他及时重新觅得自己的心，这番惊险，其实也等于捡得一命啊！

“那一刹那，我只有一个感觉，我这才又是‘人’了。我重新有了人的尊严，所谓人间的平等，大概只有向宗教世界里才找得到吧？”他没有再去教堂，但宗教的柔和宽敬在他的创作里如泉源般一一涌现。

退役了，拿了七千元。

做什么好呢？真正想做的是念书，但钱不够。他跑到三张犁养鸡，透过“鸡生蛋，蛋生鸡”的原理，他希望为自己筹得“三万元教育基金”放在银行里，每月拿三百元利息省吃俭用，也就可以去念书了。

他忘了一件事，养鸡可以赚钱却也可以赔钱。他不幸属于后者。

为了投考艺专，仅读过二年半书而没有报考资格的他，只好制造假证件。他用肥皂，自己刻印，他这件罕见的罪行也被识破，主事人一眼看穿，是上天见怜吧，那人拿起笔来批了几个字：“姑念该生，有志向学，准予报名。”他欣喜欲狂，捧着批示，心里想：

“我不是违法的了，我现在是合法的了！”

大专联考后不久，他到摊子上吃了碗阳春面，然后，就真正一文不名了。

他去找赵老师。

“赵老师，我没钱了……”

“没钱，哈哈，”赵老师朗声大笑，“没钱，那算啥？”

天气热，他把席子铺在地上，两人一起躺着聊天：

"孙超，你说没钱，我来问你，你卖过血没有？"

"卖血？没有。"

"哈哈，连血也没卖过，那还不叫真没钱呢！"

赵老师为他找了工读的机会，但他真正受益而不能忘的还是那不在乎的大笑：

"哈哈，没钱？没钱算个啥！"

果真，那个当年离开面摊后就一文不剩的退役兵便这样活过来了。二十多年后，坐在淡水三芝乡的小山头上占地百坪的房子里和你说这番话，等于同时让你看"预言"以及"预言的印证"。

在部队的那段日子，他学了两项绝活，其一是射击，其二是针灸，两者都是准确精密的艺术。这两项本事也让他获益不少，作为"神射手"，他的刻板的军旅生活稍获一些弹性特权，让他有一点点余裕来做"自己"。第二项本领让他因而认识了后来的妻子。

孙超似乎是一个对准确精密着迷的人，在这世上的百行百业里，如果有什么是比陶艺家更适合他当的，那就是"圣贤"这一行了。两者都是讲究唯精唯一的事业。当兵的岁月，每到晚上，他静心自省，怕自己有一念不纯全，一事不安妥。迷上结晶釉以后，他守住窑门口，竟像圣贤守住一颗心似的慎重，虽然窑外有仪器表，窑内有探测锥，两者都可以知道温度，但都不是最精准的办法，最精准的办法还是靠目测。有一次，看得忘形，竟致瓦斯中毒，全身高烧到四十一度，上荣总躺了两个礼拜。等身体好了，他依然时时刻刻去看窑，只是改良通风设备，并且加买了防毒面具和眼睛的防护镜。

有一次和朋友聊天，无意间打听另一位朋友的近况。

“他呀，他不成的，上帝不帮他的忙。”朋友是四川人，口才极好。

“为什么？”孙超一向实心眼，不知一个人为什么遭天遗弃。

“因为他变来变去嘛——结果上帝也搞不清楚他要干啥子！”

朋友说的只是一句笑话。他听了，却如受棒喝，一个人如不能本分务实，今天东明天西，连上帝也弄糊涂了，要帮也无从帮起！

他于是更专心地守住他的窑，以及心爱结晶釉。

第一次碰陶，是因工作的需要（在艺专读书选的是雕塑，而陶艺只是美工科的专利），那时他在台北“故宫博物院”的科技室，和宋龙飞先生一起兴致勃勃地去做黑陶、彩陶……买了许多书，累积了许多资料，对于陶瓷这种“窑门没打开之前，完全不敢肯定”的刁钻性格，他深深折服了。面对艺术加科学的双重难题，他变得斗志昂扬起来。生平喜欢困难的东西，像二十岁的时候，读那本胡适的《古代哲学史》，便是一场硬战。自己没有基础，没有时间，更没有老师，唯一的信念是反正中国字是认识的，人家写都写出来了，我难道看也看不懂吗？于是把书塞在口袋里，演习或训练途上停车的时候就拿出来看，看不懂就查字典。一本书看了半年，总算生吞活剥咽下去了，懂不懂不敢说，但至少以后看类似的书就不再觉得困难了。

醉心于寻根究底，醉心于百分之百的投入，日子原来也就这样过下去了，不料有一天忽然后山山崩，整个科技室都埋在土里，他拨开水泥砸碎后的屋顶钢筋爬出来，再次捡回了一条命。所有精心收藏的书，所有曾经系恋的数据全埋掉了，三个助手也死了，还记得一位助手在里面急急哀哀叫着："孙先生啊！孙先生啊！快啊！……"

生命原来是如此脆弱，如此不堪一击啊！经此一劫，他决心要做最无情的割舍，把其他都抛开，只专心致意弄一种结晶釉吧！

日本人有时把陶瓷艺术叫成"炎艺术"，让人看了不免一惊。世上的艺术，有些真的是要经千度的火来煅，万分的情来炼，才能成形成器的啊！陶瓷艺术就是这一种，陶是奇怪的东西，既可以是小儿无心的玩捏，也可以是一生探之不尽、究之不穷的大学问。看来人也是大化或工或拙的捏塑吧？否则为什么人也是如此单纯又如此复杂的个体？为什么人也是探针指测不明，形制规范不尽，釉彩淋漓不定的一种艺术？人本身也是一种成于水、成于火，且复受煎熬于火的成品吧？

艺术理论上有人颇以为作品因个人的境遇而有悲喜，其实这话只说对了一半。莫里哀一生穷愁潦倒，最后死在舞台上，却是喜剧圣手。莫扎特贫病交加，英年早逝，其乐章却华美流畅，如天际朝霞，花溪春水，浑不知人间有忧愁。有的人是奇怪的战士，受创愈重，流血愈多，他愈刻意掩藏怆痛，只让你看也只许你看他的微笑。孙超似乎也是这种人，看到他的结晶釉，清澈美丽，透明处是雪，艳异时似紫水晶原矿，令人想起云母，想起冰河，想起菲薄匀整的细胞切片图。我虽因性情所趋，一向比较偏好质木素朴之美，也不得不承认孙超所经营的精致无瑕的艺术。这种精纯唯美，几乎可以解释为一种赌气。命运，你要给我砂砾吗？好，我就报之以珍珠。命运陷我于窑火吗？我就偏偏生出火中莲花。一只陶皿，是大悲痛大磨难大创痕之余的定慧。那些一度经火的器皿，此刻已凉如古玉，婉似霜花。经过火——但不要让你看到烟熏火燎之气，经过火——但只容别人看到沉静收敛的光华。

我说到哪里了？是孙超的半生？还是他的火中取莲的结晶釉？我自己也弄不分明了。

那人在看画

那人在看画——这件事并不奇怪，每天，全省各地画廊里，成千的画作挂在那里，成万的观众前来看画。

他在看画，我，在看他。他的额头特别凸出，所以，在他倾身看画的时候，额头都几乎要碰到画上去了。

他看画的表情显然是喜悦的，喜悦中他左顾右盼，和在场乡亲打招呼，并且微微有几分羞涩。在他背后，几张小桌拼成一条大桌，桌上放些茶点，许多人围在那里，算是画展的开幕酒会，但这位观画人对茶点不感兴趣，他只定定地望着那幅画出神。

别的画，他似乎也看，但他至终还是回到这幅画前。

屋子里，人如潮水，一波又一波。

这里是一个美丽的客家山乡，画展，便是在当地的小学教室举行，我平生还没见过画展在教室里办的事，不免觉得新鲜。教室里只有初夏悍烈明亮的阳光，投射灯，则一盏也没有，但在阳光下看画也自有其妩媚处。

大桌子上的酒会食品也有点奇怪，不是惯见的鸡尾酒或洋芋片，而是仙草冰和些客家点心。蝉，在窗外的大树上鸣叫。

那人还在看画，画沿着教室周边挂着，每幅画几乎都是以大片的绿色构成，仿佛学校外面那大片大片的农地一时延伸到这间教室里面来了。

唯一不同的是，校外的农田十里一色，在南风中薰然如醉。画中的绿却极富变化，有些是初春耙地，有些是施肥薅草，有些是打取谷粒……古代有人跟在皇帝身边记载他廿四小时的生活，叫“实录”，而这位乡土画家却亦步亦趋地跟着稻禾做它终身的忠实记录，他所画的，正是一部“稻子实录”。和政治上的实录相比，稻子实录可爱多了。

我走近那看画人，想跟他说几句话，这时，旁边刚好走来一个农妇（啊，至于我为什么判断她是一个农妇，这句话却也一时说不清，可能由于她的动作，也可能由于她的肤色或音量），她忽然对着我大声说：“呀，你看，你看，这画的，就是他啦！”

我一惊，才发觉那幅画中站在田里拔除稗子的农夫，的确也是个额头凸凸的汉子。两相对照，画中人和看画人竟像一对双胞胎，而两个凸脑壳又几乎要亲热地互相碰撞了。

我这才明白，这人为什么一直微笑着，趑趄不去，他听说自己被画了，被展了，他来看他自己。

啊，我忽然羡慕起那画家来，他画的是他身边的耕作者。

农人耕田，他耕画布，而他的画中人可以跑来看他自己，这比古代叶公画龙好多了，龙是不会跑到画布前来重新审视自己的。

能有自己的土地，能有故乡，能有可以入画的老乡亲，能有值得记录的汗水——对一个画家而言，还有什么更幸运的事?

癞蛤蟆赞

在一个小小的，叫作瑞芳的镇上，有一位居民叫赖蛤蟆。

这人年纪五十五岁，职业跟镇上其他多数的人一样，在一家煤矿公司做矿工，担任的工作是手推工，说起来是一个平凡的人。

可是他的名字读起来却跟“癞蛤蟆”一样，所以别人就这么叫他了，一叫叫了五十五年。

当然，也有人好心劝他去改名字，他不肯，说：

“父母生我，给我取名字，我不能改。”

中国古来名字难听的大有人在，什么“黑肩”“寄奴”一点不足为怪。台湾保留古代遗风颇多，“乞食”“拾粪”“查某”时有所闻，其本意无非是要骗骗鬼神；鬼神善妒，取个贱名骗过鬼神，以为他是贱生贱长的野孩子，也就懒得来理他了。

赖先生在九岁那年就死了父母，来不及问双亲自己名字的来历，就已经先成了孤儿了。他四十六年来维持着原名未始不是对亡父母的一点孝思，这种执着，这种谨于一字的态度，简直可拟《春秋》。而所谓“礼”，所谓“传统”，所谓“本”，就是这种被不识字的人在不知不觉中实行出来的东西。

俗谚谓“癞蛤蟆想吃天鹅肉”，赖先生自谓并不想吃天鹅肉，试问一只蛤蟆如果不想吃天鹅肉，它应该是无罪的吧？正如一堆牛粪如果并不打算沾惹一朵鲜花，它也不该做一堆挨骂的牛粪。“癞蛤蟆和牛粪”跟“天鹅与鲜花”，一样是有资格在这一个有阳光有空气有雨水的地球上活下去的东西。

也许，俗人会以癞蛤蟆为卑下为恶心，其实蛤蟆就是蟾蜍，蟾蜍却莫名其妙地高贵起来了，大概分别在于蟾蜍是外销种，销到月亮里去了（古神话中认为蟾蜍是嫦娥变的），典故里说“玉蟾”指的就是月亮，赖先生似乎可以自号“玉蟾”。

蟾蜍对中医来说也有大用，蟾酥是很贵的药材，可以“以毒攻毒”，中国人贵蟾蜍而贱蛤蟆，真是可笑的错误。

其实，在瑞芳镇上，大家叫他癞蛤蟆，已经了无恶意了。赖先生八年前丧妻，无子，过继了侄子，视如己出，一辈子勤恳随和，大家叫他的时候，也只觉亲切。

霍桑《红字》里的女子，把一个代表羞辱的字母佩戴成天使的记号，只要人好，连符号也能变美，何况“癞蛤蟆”还不算一种绝对的丑恶呢！

八公尺的爱

妇人坐在椅子上，椅子靠墙，她今天要做她例行的视网膜检查。这里是一家大型综合医院，人来人往，此刻还差二十号才轮到她。

小男孩被母亲牵着从回廊那边过来，做母亲的只顾走路，小孩却趣味盎然地看着墙边椅子上一排坐着的人。大概是四岁吧，正是腮含桃花，眼似春星，不笑也满脸喜色的年纪。

他来的方向是妇人的左方，他看到妇人了，妇人也看到他，两人相距大约四公尺，他不知为什么忽然快乐地挥起手来，嘴里喃喃说着：

“你好，你好，你好……”

这小孩已经学会他的应酬了，她想。不过他又笑得那么真心诚意教人疼怜，妇人忍不住也向小孩笑了。看到妇人有回应，这小孩兴奋地更大力地挥手，笑容也更灿烂了，这时，他已走到妇人正前方了。这样的小男孩，这么漂亮又这么爱跟人笑，长大了不知要伤透多少女孩的心啊！

就在这一恍神之间，小男孩已走过了她的正前方，有趣的是他虽然扭着身子持续回头挥手，并对她持续微笑，嘴里的说辞却已变成：

“再见，再见，再见……”

妇人吓了一跳，从视线互触，到打招呼，到兴奋莫名，到决绝再见，只不过几秒钟，四公尺外有个九十度的转弯，小男孩便从妇人的右前方消失了。

整个过程，小男孩的母亲浑然不知，她看来有点忧急不耐烦，嫌小男孩走路不专心。

总共八公尺，她目测了一下，从小男孩出现，到他消失。

——还没有叫到她的号，她枯坐着等待，半小时后她又看到回程的男孩，男孩可能有向右看的习惯，这一次，经过她的时候，他的眼睛只顾向另一侧的窗景看去。

我 在

记得是小学三年级，偶然生病，不能去上学，于是抱膝坐在床上，望着窗外寂寂青山、迟迟春日，心里竟有一份巨大幽沉至今犹不能忘的凄凉。当时因为小，无法对自己说清楚那番因由，但那份痛，却是记得的。

为什么痛呢？现在才懂，只因你知道，你的好朋友都在那里，而你偏不在，于是你痴痴地想，他们此刻在操场上追追打打吗？他们在教室里挨骂吗？他们到底在干什么啊？不管是好是歹，我想跟他们在一起啊！一起挨骂挨打都是好的啊！

于是，开始喜欢点名，大清早，大家都坐得好好的，小脸还没有开始脏，小手还没有汗湿，老师说：

“×××”

“在！”

正经而清脆，仿佛不是回答老师，而是回答宇宙乾坤，告诉天地，告诉历史，说，有一个孩子“在”这里。

回答“在”字，对我而言总是一种饱满的幸福。

然后，长大了，不必被点名了，却迷上旅行。每到山水胜处，总想举起手来，像那个老是睁着好奇圆眼的孩子，回一声：

“我在。”

“我在”和“某某到此一游”不同，后者张狂跋扈，目无余子，而说“我在”的仍是个清晨去上学的孩子，高高兴兴地回答长者的问题。

其实人与人之间，或为亲情或为友情或为爱情，哪一种亲密的情谊不能基于我在这里，刚好，你也在这里的前提？一切的爱，不就是“同在”的缘分吗？就连神明，其所以神明，也无非由于“昔在、今在、恒在”，以及“无所不在”的特质。而身为一个人，我对自己“只能出现于这个时间和空间的局限”感到另一种可贵，仿佛我是拼图板上扭曲奇特的一块小形状，单独看，毫无意义，及至恰恰嵌在适当的时空，却也是不可少的一块。天神的存在是无始无终浩浩莽莽的无限，而我是此时此际此山此水中的有情和有觉。

有一年，和丈夫带着一团的年轻人到美国和欧洲去表演，我坚持选崔颢的《长干曲》作为开幕曲，在一站复一站的陌生城市里，舞台上碧色绸子抖出来粼粼水波，唐人乐府悠然导出。

君家何处住，妾住在横塘。

停船暂借问，或恐是同乡。

渺渺烟波里，只因错肩而过，只因你在清风我在明月，只因彼此皆在这地球，而地球又在太虚，所以不免停舟问一句话，问一问彼此隶属的籍贯，问一问昔日所生、他年所葬的故里，那年夏天，我们也是这样一路去问海外中国人的隶属所在的啊！

《旧约》里记载了一则三千年前的故事，那时老先知以利因年迈而昏聩无能，坐视宠坏的儿子横行，小先知撒母耳却仍是幼童，懵懵懂懂地穿件小法袍在空旷的大圣殿里走来走去。然而，事情发生了，有一夜他听见轻声的呼唤：

“撒母耳！”

他虽瞌睡却是个机警的孩子，跳起来，便跑到老人以利面前：

“你叫我，我在这里！”

“我没有叫你，”老态龙钟的以利说，“你去睡吧！”

孩子躺下，他又听到相同的叫唤：

“撒母耳！”

“我在这里，是你叫我吧？”他又跑到以利跟前。

“不是，我没叫你，你去睡吧。”

第三次他又听见那召唤的声音，小小的孩子实在给弄糊涂了，但他仍然尽快跑到以利面前。

老以利蓦然一惊，原来孩子已经长大了，原来他不是小孩子梦里听错了话，不，他已听到第一次天音，他已面对神圣的召唤。虽然他只是一个稚弱的小孩，虽然他连什么是“天之钟命”也听不懂，可是，旧时代毕竟已结束，少年英雄会受天承运挑起八方风雨。

“小撒母耳，回去吧！有些事，你以前不懂，如果你再听到那声音，你就说：‘神啊！请说，我在这里。”

撒母耳果真第四度听到声音，夜空烁烁，廊柱耸立如历史，声音从风中来，声音从星光中来，声音从心底的潮声中来，来召唤一个孩子。撒母耳自此至死，一直是个威仪赫赫的先知，只因多年前，当他还是稚童的时候，他答应了那声呼唤，并且说：“我，在这里。”

我当然不是先知，从来没有想做“救星”的大志，却喜欢让自己是一个“紧急待命”的人，随时能说“我在，我在这里”。

这辈子从来没喝得那么多，大约是一瓶啤酒吧，那是端午节的晚上，在澎湖的小离岛。为了纪念屈原，渔人那一天不出海，小学校长陪着我们和家长会的朋友吃饭，对着仰着脖子的敬酒者你很难说“不”。他们喝酒的样子和我习见的学院人士大不相同，几杯下肚，忽然红上脸来，原来酒的力量竟是这么大的。起先，那些宽阔黧黑的脸不免不自觉地有一份面对台北人和读书人的卑抑，但一喝了酒，竟人人急着说起话来，说他们没有淡水的日子怎么苦，说淡水管如何修好了又坏了，说他们宁可倾家荡产，也不要天天开船到别的岛上去搬运淡水……

而他们嘴里所说的淡水，在台北人看来，也不过是咸涩难咽的怪味水罢了——只是于他们却是遥不可及的美梦。

我们原来只是想去捐书，只是想为孩子们设置阅览室，没有料到他们红着脸粗着脖子叫嚷的却是水！这个岛有个好听的名字，叫岛屿，岩岸是美丽的黑得发亮的玄武石组成的。浪大时，水珠会跳过教室直落到操场上来，澄莹的蓝波里有珍贵的丁香鱼，此刻餐桌上则是酥炸的海胆，鲜美的小鳍……然而这样一个岛，却没有淡水。

我能为他们做什么？在同盏共饮的黄昏，也许什么都不能，但至少我在这里，在倾听，在思索我能做的事……

读书，也是一种“在”。

有一年，到图书馆去，翻一本《春在堂笔记》，那是俞樾先生的集子，红绸精装的封面，打开封底一看，竟然从来也没人借阅过，真是“古来圣贤皆寂寞”啊！心念一动，便把书借回家去。书在，春在，但也要读者在才行啊！我的读书生涯竟像某些人玩“碟仙”，仿佛面对作者的精魄。对我而言，李贺是随召而至的，悲哀悼亡的时刻，我会说：“我在这里，来给我念那首《苦昼短》吧！念‘吾不识青天高，黄地厚，唯见月寒日暖，来煎人寿’。”读那首韦应物的《调笑令》的时候，我会轻轻地念：“胡马，胡马，远放燕支山下。跑沙跑雪独嘶，东望西望路迷。迷路，迷路，边草无穷日暮。”一面觉得自己就是那从唐朝一直狂驰至今不停的战马，不，也许不是马，只是一股激情，被美所迷，被莽莽黄沙和胭脂红的落日所震慑，因而心绪万千，不知所止的激情。

看书的时候，书上总有绰绰人影，其中有我，我总在那里。

《旧约·创世记》里，堕落后的亚当在凉风乍至的伊甸园把自己藏匿起来。

上帝说：

“亚当，你在哪里？”

他噤而不答。

如果是我，我会走出，说：

“上帝，我在，我在这里，请你看着我，我在这里。不比一个凡人好，也不比一个凡人坏，我有我的逊顺祥和，也有我的叛逆凶戾，我在我无限的求真求美的梦里，也在我脆弱不堪一击的人性里。上帝啊，俯察我，我在这里。”

“我在”，意思是说我出席了，在生命的大教室里。

几年前，我在山里说过的一句话容许我再说一遍，作为终响：

“树在。山在。大地在。岁月在。我在。你还要怎样更好的世界？”

“我在！”就是为了证明自己的存在。在这个世界上，在这个城市里，在每一个人的心中，证明自己的价值。这是一种自信，一种坚定。

癫　者

一

癫者走入电影院，坐下来，看了一场越南大战。

当曲终人散，一个穿制服的女孩子带着一把扫帚来清场，她看见癫者正掩面失声。

“出去，”她不耐烦地说，“如果你想看两次，你得再去买票。”

“两次！”癫者为之觳觫，“这样悲惨的电影谁能受得住看两次呢！”

“那么你出去，并且不要把眼泪洒得一地！”

“可是谁能不哭呢？”

“这只是电影，神经病！”

“就是因为它只是电影——我知道真的战争将残酷千

倍。”

癫者一路哭了出去，把正午的日头哭成昏月。

二

癫者站在婴儿室的玻璃窗前，他的鼻子贴在冷冷的玻璃上，他的脸孔因而平板得像一张拙劣的画。

“哪一个是你的孩子？”护士小姐走过来亲切地问。

癫者转过身来，张开嘴，因情急而流泪了。

“没有，”他口吃地说，“没有什么人是什么人的孩子，所有的孩子都不属于他们的父母——他们只属于他们自己的命运。”

“你说什么？”护士吃惊了。

“我看见他们的未来。”

“你看见什么？”

“我看见他们将死于刀，死于枪，死于车轮，死于癌，死于苦心焦虑，死于哀毁悲恸，死于老，我看见他们的小脸被皱纹撕坏，他们的肩头被忧苦压伤。”

那善良的护士忽然失手，将针药打了一地，襁褓中熟睡的婴儿遂同声哭了起来。

三

癫者带着一个很大的捕网，走向春天的郊野。

他在芳香得令人难以自持的空气中跳跃着，追逐着，十分忙碌地把他的捕获物塞入背后的大袋中。

一个孩子在旁边看了许久，忽然受不了地大叫了起来。

“你真笨，你连一只蝴蝶都捉不到。”

“我根本就不想捉蝴蝶。”癫者分辩道。

“那么你捉什么？”

“我捕风。”

“什么风？”

“今年春天的风，从岩穴来的风，穿过毵毵金缕的风。”

“你捉到了吗？”

“我捉到了，在我背上的行囊里。”

癫者骄傲地展示他的皮袋，但其中空无一物，癫者惊讶地坐地大哭。

“原来是有的，只是现在散了。”

孩子不屑地转身离去，他的运气不错，因为还赶得上到不远的小溪边去——那里有一个高明的捕手，刚好捉到一只耀眼的大彩蝶。

四

癫者在一家百货公司里趑趄，立刻引起店员的怀疑。

“要买什么？”她们大声咆哮。

“听说，听说你们有一种新货色，叫作爱情。”

“是的，那是一种洗衣机。”

癫者黯然垂首。

“没有人将多余的爱放在这里寄售吗？”

“多余？”女店员尖声叫了起来，“我们人人自己都缺货呢！”

一架旋转的黑梯把癫者送下楼，癫者觉得自己已被不断地下沉降入地曹。

五

黄昏，癫者拿着一个又冷又干的馒头坐在路边的椅子上啃食。

忽然，他把那无味的馒头揣入怀中，哀哀地哭了起来。

“我多么残忍，”他说，“当我在咀嚼这细致的白面的一分钟，不正有许多跟我一样圆颅方趾的人，因为连粗麦都得不着而饿死吗？”

他就因自己奢侈的晚餐而深悔，竟至终夜无眠。

六

癫者在公园的草地上午寐，有哭声把他吵醒了，他看到两个相咬的孩子。

“你们是一对仇敌吗？”

“不，”他们怀着毒恨说，“我们是兄弟。”

癫者又睡去，并且再度被哭声吵醒，他看到两个相诟的男女。

“你们是一对仇敌吗？”

“不，”他们怀着毒恨说，“我们是夫妻。”

癫者勉强合眼，仍然被哭声吵醒，他看到相执的老人和青年。

“你们是一对仇敌吗？”

“不，”他们怀着毒恨说，“我们是父子。”

癫者于是翻身而起，逃向山中。

七

精神病院的院长带着绳索和从员来找癫者。

“我们听说你是这城中最有名的癫狂者，我们不能让你随便在街上走，你跟我去治疗吧！”

癫者缓缓地抬起他悲哀得令人抽心的眼睛。

“为什么我不能在这城里？”

“因为癫狂的人只应该跟癫狂的人在一起。”

“那么，让我留在街上——因为这里全是癫狂的人。”

“你应该住院。”

“我们的城市就是病院。”

精神病院的院长一跃而上，想要绑住他，但癫者反而绑住了院长，并且把他交给从员。从员们看都不看一眼，便把胡踢乱打的院长架上车，带他到他自己所开设的精神病院去。

八

有人看见癫者在海边刳木为舟，就群聚前观。

其中某个胆子较大的上前来问道：

“癫者，你要走了吗？”

“谁不走呢？谁又有‘永久地址’呢？”

“你要到哪里去？”

“你们谁又知道自己往哪里去呢？”

众人中较敏感的已开始为自己低泣。

“你真的是癫狂的吗？”一个孩子跑上前去，抱着他的颈项。

癫者庄严地站起身来，缓缓地说：

“我不配，但我祝福你是，立志做个大癫吧！孩子。”

众人哗然，急去抢救那孩子。

九

有许多日子人们不见癫者，直到第二年春天，非洲菊开得特别绚丽的时候，有一个女孩子说她在澎湃如海的花丛中看到过他的脸。

“真的是他的脸？”有人问。

“我不知道，”女孩说，“我定睛看时，只见春花不见人。”

于是有好事的人去看那片花海。

可是，当他们赶到的时候，连那片花海都不在了。

第三辑

戈壁酸梅汤和低调幸福

如果你真的希望让你手中的那杯酸梅汤和我的这杯一样好喝的话，那么你还须再加上一颗对生活『有所待却无所求』的易于感谢的心。

我自我的田渠归来

近午的时候，暴雨倾盆，而且打雷。闪电劈过城市上空，整条巷子里有四五辆汽车给触动了防盗系统，纷纷大叫起来。一时之间，令人重温了古代山林里百兽咻咻狂啸的场面。

我放下手边的工作，直奔顶层阳台。果不出所料，排水孔给落花坠叶堵住了，积水盈尺，我赤着一双脚去清花叶，大水忽然找到出路，纷纷把自己旋成涡流，奔泻而下。

我全身湿透——既然湿透，也就没什么可忧可怕的了。干脆又探视了一下石斛兰、荷花、非洲凤仙和软枝黄蝉，倒有点像省主席微服出巡似的。

然后下楼，脱掉衣服，用大毛巾把自己擦干，又盛了一碗红心番薯汤来喝。汤里放了两片姜，暖辛暖辛的。这种煮法是某次在大屯山上跟山民学的。此刻热汤放在景德镇制的“米粒瓷碗”里饮来，竟觉这汤简直从口从舌从咽喉一路流到心窝里去了。真的。有些食物对我而言，是只入心室不入胃囊的。

我犹嫌它不够甜，于是又去冰箱里找来一罐从维琴妮亚农场买来的枫糖浆，加了一勺进去。于是，恍惚之间仿佛西半球的山川精华来和这中国大地里的红心番薯彼此融会贯通，连成一气，并且安静安详地盛在我的碗盏里，像澄澄湖水里卧着一丸艳艳的夕阳。

这一天，觉得自己极幸福；这一天，我是辛苦的老农，刚整理完田渠回家，浑身为雨水湿透，于是喝一碗红心番薯汤；这一天，我活得多么理直气壮啊！

戈壁行脚

大漠，即大沙漠，蒙古语曰额伦，满洲语曰戈壁，广漠无垠，浩瀚如海，古亦称为瀚海。

——《中文大辞典》

一

“你说，我们是不是疯了？”慕蓉转脸问我，当时车窗外约五百公尺的地方正跑过一群蒙古黄羊，蹄子上仿佛——长了翅膀，飞快，“顶着这七月中旬正午的大太阳，我们居然跑到这南戈壁的碎石滩上来。”

“对，我们是疯了！”我回答她，眼睛仍不离那上百只的野生黄羊。据说它们有四十万头。

“在蒙古草原旅行看到黄羊，是表示幸运！”有人向我们解释。

“可是，”有人抗议，“刚才一大早看到两只灰鹤的时候，你不是也这么说的吗？请问有没有什么动物看到了是不顺的？”

解说的人一时语塞，不知怎么接话——我很想替他回答：在蒙古，只要碰见的不是老虎、熊和豹、蛇那些会伤人的动物就都是幸运的。这块土地比台湾大五十倍，人口却只有我们的十分之一，尤其在南戈壁，车行五六小时却不见一人并不稀奇。因此，如果碰到驯良的生物，应该都叫幸运。

黄羊屁股上一圈白，很像小鹿。我起先看它们飞奔，以为它们在躲避汽车。后来看它们跑过了汽车还一直跑个不停，才觉得它们是有点起哄好玩的意思，也许它们正在争相传告：

“今天一定幸运，因为碰上了一辆汽车。”

那批黄羊大概也疯了——乐疯了。

二

“一川碎石大如斗”，唐人的诗是这样说的。

以前总以为诗人夸张，此刻站在碎石滩上，才知道，事情其实是可能的。此地的碎石仅仅“大如拳”，也许是经过一千二百年的风霜雨露，它们纷纷解体了吧？

这样的碎石滩渺远孤绝，四顾茫然若失，人往大地上一站，只觉自己也成了满地碎石里的一块，凝固、硬挺，在干和热里不断消减成高密度的物质。

沙海终于到了。

我会溺死——若我在亿载之前来。方其时也，这里正是海底，珊瑚正在敷彩，年轻的三叶虫正在轻轻试划自己的肢体。而我会溺死于那片黛蓝，若我来，在亿载之前。

而此刻，在同一坐标，我会干涸而死。若我再枯晒一天。背包里只有一瓶水、一包杏脯和几片饼干。只要我在此站上一天，我就会永远站在这里了。

沙上冷不防会冒出一二具动物的尸体，不知怎么死的？是因为老病或负伤？是由于殴斗或饥饿？看来它们都一样了，安静地侧卧着，和黄沙同色——一半已埋在沙下，只等待下一场风暴把它们掩埋得更深更不落形迹。

生活过，奔驰过，四顾茫然过，在偶雨时欢欣若狂过——这就是那具骆驼或那具马尸的一生吧？不，这就是一切有情有识的生物的一生吧？

死亡从四面八方虎视眈眈地逼视着这片土地，逼视着我向大化借来的这微贱如蚁的生命——可是，就在这水滴下来都会嗤一声冒起白烟的沙海上，居然还长得出一丛丛卧在地上的小灌木。灌木上还结着小浆果，浆果粒大如黄豆，揉开来是黏稠的汁液，令人迷惑不知所解。仿佛有什么魔法师用幻术养出了这批植物。

风吹来，在沙海，我在沙纹间重绘亿万年前波浪的线条，在风声中复习亿万年前涛声的节拍。望着自己明日即会消失的脚迹，感到这卑微的生存和巨大无常间不成比例的抗衡。

沙海上有一块刺猬的皮，C把它捡起来——那小动物的身体已不知何处去了，却只在一丛小灌木前留下那片芒刺戟张的皮。肉体已经销蚀尽了。那护卫着柔弱肉体的尖锐芒刺却空自糊里糊涂地继续执行任务。如出鞘之剑，森森寒芒，不知要向何方劈刺。

我原以为C捡拾那片刺猬皮是随捡随丢的，却不料他竟拎回去了。我很愕然，呆呆瞪着那密密麻麻的刺，觉得有什么东西穿心而过。

三

我们躺在临时搭成的蒙古包里。那时，已近午夜二点。

包有一个拱顶，圆圆的，像罗马城的“万神祠”大教堂。那教堂的圆顶大剌剌地开着个大洞，伸手就可以擒来云之白与天之蓝，连飞鸟与天风也是招之即来，挥之即去。那万神祠对我而言远比圣彼得大教堂华美庄严。

而这蒙古包的顶也有一半是开向天空的。

尘沙上有一张薄褥，我就躺在那上面。仰头看天，天上有几粒星，刚好从那半圆形的天窗洒下，因为洞小，容不得满天星斗，但也因为只有那几粒，仿佛分外暗含无穷天机。

如果我能再多清醒一会儿，我就会看到小洞里的星光如何移位，我就能看到时光诡秘的行踪。然而，我睡去了，我无法偷窥一部时光的演义——反而，在暴露的半圆小穴里，我容整张大漠的天空俯视着我的睡容，且让每一颗经过的星星在窥视时轻轻传呼着："看啊，那女子和我们一样，她正一个时辰一个时辰地老去。一如我们，有一天一觉醒来，我们都将烟消云散，恰如那一夜拔营的蒙古包，不留一丝痕迹。"

我睡去，在不知名的大漠上，在不知名的朋友为我们搭成的蒙古包里，在一日急驰，累得倒地即可睡去的时刻。我睡去，无异于一只羊，一匹马，一头骆驼，一株草。我睡去，没有角色，没有头衔，没有爱憎，只是某种简单的沙漠生物，一时尚未命名。我沉沉睡去。

四

"这是阿尔泰山。"她简单地说。

"阿尔泰山。"我简单地重复。

好像没有什么可说的，对，这就是阿尔泰山天山的北支。李白的诗啊！明月出天山，苍茫云海间。它当然是，它一直就在那里，它一直就是。

我读过它的名字，在小学的教科书里，对我来说，它和“地球是圆的”“1+1=2”都属于童年时代牢不可破的真理的一部分。此时见它，只觉是地理书页里少掉的一页插图，现在又补上了，一切是如此顺理成章。

而这插图却一直展现在车子的正前方，我要怎么办呢？它如此美丽、安然而又不动声色。你的眼睛无法移开，因为广大的荒漠中再没有什么其他的视线焦点了。其实它并不抢眼，像古代恐龙一列长长的背脊，而龙正低头吃草，不想惊人，也不想被惊。四野亦因而凝静如太古。

阿尔泰山。我不知该怎么办。

我若能挥鞭纵马，直攀峰头，我若能逐草而居，驱羊到溪涧中去痛饮甘泉，我若能手拨马头琴，讲述悠古的战史，我若能身披绫罗绸缎去卖给四方好颜色的女子……是的，我若是草原上的战士、牧人、行吟诗人或商贾，则阿尔泰山于我便如沙地的长枕，可以狎热亲昵。但我不是，我是必须离去的过客。

终于我们下了车，去走“约珥峡谷”。七月的山色如江南荷田，那绿色是上天一时的恩旨，所以格外矜贵。野花蔓开，使人不禁羡慕山径上的地鼠，它们把每个小山丘都钻满了洞穴，探头探脑，来看这一夏好景。

山沟的水慢悠悠地流过。

敖包立在路旁。是一堆碎石头叠成的一人高的小丘。

“经过敖包，骑者必须下马，行者必须驻足，顺时针方向绕一圈，然后前行。而且，不要忘了为敖包加一块石头。”

“蒙古人只记得他们是从大兴安岭上下来的，所以到了草原，他们还是想垒个小石堆来思念一下。敖包上方有时会插上许多根树枝，那是象征大兴安岭上的森林。”

原来，一个人在堆敖包的时候，他正肩负着整个民族的记忆！一只沙雁飞起，羽色如沙，倏忽间消失了。

一路行来，我一直问自己一个问题：“这块上地，究竟是属于谁的？”然而，此刻，我忽然明白，“不，土地不属人类，不要问它属于谁，该问‘谁属于它’，黄羊属它，灰鹤属它，沙雁属它，天鹰属它，地鼠属它，牧民属它，如果我爱它，我也属它……”

五

人在峡谷里走，左颊是山，右眉是山，两者仿佛立刻都要擦撞过来，不免惊心动魄。脚下又每是野花，走起路来就有点蹦蹦跳跳的意味，怕踩坏了一路芳华。生命在极旺盛极茂美之际也每每正是最堪痛惜的时分。

想起昨天在戈壁博物馆里看一只“银龙笛”，笛子镶银，银子打造成龙的形状，但整个笛身却由一根腿胫骨削成。

“这是一根十八岁女子的腿胫骨。”解说员说。

“为什么单单要用十八岁女子的腿胫骨？”我问。

“因为，十八岁就死去的女子，腿胫骨的声音最好听。”那解说员回答得斩钉截铁。她是一个大眼睛的女子，她回答的时候并无“据闻”“听说”等缓冲词，仿佛那腿胫骨的声音是她亲耳所闻。

我把眼睛贴在博物馆凉凉的玻璃上，看那致密呈象牙色的骨管。十八岁女子的腿骨又如何呢？从科学上说，十八岁女子是不致骨质疏松的，但这一定不是真正的理由，真正的理由是——我走开去，一直想。

而此刻在七月的阿尔泰山山麓，在野花如毡的约珥山谷，我仍在想，那管属于十八岁女子银龙笛的音色。我想那声音中必然有清扬和呜咽，有委曲和畅直，有对生命的迟疑和试探，也有情不得已的割舍和留恋——是这一切令人想起十八岁的女子，是某个年代草原上某些牧人对某个女子骤然逝去深感不舍吧？他们于是着手把她装饰成一截永恒的回音。

峡谷如甬道，算不算一管箫笛呢？流泉淙淙，算不算

“阳春白雪”之音呢？我行其间，算不算知音之人呢？峡谷深处竟是幽幽玄冰，千年相积而不化，想此冰当年曾见铁木真的铁骑，铁木真却不能重睹今夕这莹蓝晶闪的冰雪之眸了。六十五岁，大汗天子在围猎野马时从坐骑上摔下，从此他自这漠漠草原上消失。而积冰却千年万年，在山谷的曲径深处放其幽幽的蓝光。

牦牛在吃草，地鼠作其鼠窜，溪在流，阿尔泰山（原文系“有金之山”）仍然炫耀着夕阳的赤金，“杭盖”（原文指有山有水之处）仍然很杭盖。这一切，好得不能再好。七点了，天仍蓝，云仍白，不安的沙雁仍飞来飞去想找一个更安全的草丛，草原上的夏天有用不完的精力，即使到九点钟，亦仍有堂堂皇皇的天光。

六

第一天，黄昏微雨，戈壁上出现了长虹——那样绝对的平面加上绝对圆弧，几何上最简单却又最慑人的美。而我没有带照相机，于是稍稍有些后悔。第二天，没有雨，因此有艳丽的夕阳。于是，我又有些后悔。

但是我还是坚持不带相机，对环保而言，照相多少是一项污染。如果真有艺术杰作，或者可以稍稍弥过。但我又是个极端蹩脚的摄影人，不如去借别人的来加洗。何况我一向啰唆，旅行起来，连咖啡都带着，能勒令自己少受相机的打扰也总是好事。

由于没有照相机，我也许只能记得很少，我也许会忘记很多。但我已明白，如果我会忘记，那么，就让能记住的被记住，该遗忘的被遗忘。人生在世，也只能如此了。

——夕阳仍浮在山上，我们傻傻地坐在草地上，连一向拍照最忙碌的H也安详地抱膝而坐。

“快拍呀！”有人催他。

“不，不要拍夕阳，”他神秘一笑，“我干过太多次这种事了。每次看到夕阳漂亮就拍，拍出来，却不怎么样。下一次，又看到，又拍，洗出来，还是不怎么样……现在，不拍了！”

他一副“上当多了”的表情，我忽然不后悔了，了解真正碰到大美景的时候，有相机在手跟没相机在手一样无助。

“总不能什么好东西都被你拍光了！”我的语气仿佛有点幸灾乐祸似的，“上帝总还要留一两招是你没办法的！”

七

我对歌者布鲁博·道尔济说：

“给我们唱一首歌吧！”那时候我们的车子正驰向归途，夕阳尚衔在山间，“给我们唱一首跟马有关的歌，好吗？”

“啊！蒙古的歌有一半都跟马有关呢！”

我从没想到，原来只打算提他一下，好让他比较容易选一首歌，不料竟有一半的歌都和马有关。

道尔济是文化协会派来与我们同行的，他办起事来阴错阳差，天昏地暗，可是他只要一开腔唱歌，我们就立刻原谅了他。他使我们了解什么是“大漠之音”。和西南民族比较，西南民族是“山之音”，其声仄逼直行，细致凄婉。草原之音却亮烈宏阔，欢怀处如万马齐鸣，哀婉时则是白杨悲风。

“你们是两条腿走来的，”歌手说，“所以也要学会两首蒙古歌带回去。”

奇怪的逻辑，但我们都努力地跟他学会了一首情歌。

车在草原上急驰，也算是一种马吧。布鲁博·道尔济真的唱了一首骏马的歌，新月如眉，俯视着大草原。

我把整个头都伸向车外，仰看各就各位的星光，有人警告说：“不可将头手伸到车外。”

怕什么呢？整个南戈壁千里万里的碎石滩上，就只我们一辆车。没有电线杆，没有路、没有人，这伸出来的头颅唯一会撞上的东西只是夹着草香的清风罢了。

八

他们在溪畔生了火。我们到达的时候只见他们不断地找些拳头大的溪石来烤。烤到石头开始发红，他们就在一个密封的锅子里丢了一层羊肉块加一层石头。再一层羊肉，再一层石头。然后锅子密封，放在余火上，大家微微摇动那锅，好让锅里的石头不断去烫肉，大约半小时吧，肉就熟了。

开了锅，先把石头夹出，石头先遭火烤，又被羊肉汤浸，弄得乌黑油亮的，每人发一块，放在手心里，因为烫，只好在左右手之间抛来丢去，据说这是活血的，于身体大有好处。戏罢石头才开始吃肉。肉锅旁还有一桶溪水煮的粗茶，倒也消渴。大伙儿就大碗茶大块肉地吃起来。

前两天，宴客的桌上有一瓶法国白葡萄酒，当时大家都被极烈性的伏特加镇住了，C眼尖，叫我把这瓶葡萄酒留着。此刻拿来泡在溪水里，不一会儿就冷沁人脾了。当时靠着山壁还铺着一张大被子，大约是六英尺乘十五英尺吧！其实不是被，是蒙古包外围的围毡。大家或坐或倒，喝一口半口葡萄酒，吃刚刚宰杀刚刚焢熟的蒙古种土羊（当地人亦认为“洋种羊”较腥膻），这种大尾羊极其纯正鲜美。溪水在峡谷间流，云则在峡谷上飘，世上也竟有这种好日子。

“这是成吉思汗餐，”当地人解释，“成吉思汗出征前都是这样吃的。”

其实用这种热石头来烫热的煮法跟台湾乡间“焢番薯”的道理相近，出征前这样吃倒是对的，行军伙食总以简便实惠为上。

此刻我们并不要出征，却也享尽美福，不禁愧然——然而生命中的好事都是在惶愧中承受的吧？我没有开天辟地，我没有凿一条溪或种一朵野花，我不曾喂一头羊酿一瓶酒，却能一一拥有，人在大化前，在人世的种种情分前也只有死皮赖脸去承恩罢了。

啊！不知道生命本身算不算一场光荣的出征？不知道和岁月且杀且走边缠边打算不算一种悲激的巷战？与时间角力，和永恒徒手肉搏，算来都注定要伤痕累累的。如果这样看，则大英雄出征前这一锅犒军的“贺尔贺德”（指带汁焢肉），我或者也有资格猛喝一口白酒而大嚼一番吧？

东邻的竹和西邻的壁

午夜，我去后廊收衣。

如同农人收他的稻子，如同渔人收他的网，我收衣服的时候，也是喜悦的，衣服溢出日晒后干爽的清香，使我觉得，明天，或后天，会有一个爽净的我，被填入这些爽净的衣衫中。

忽然，我看到西邻高约十五公尺的整面墙壁上有一幅画。不，不是画，是一幅投影。我不禁咋舌，真是一幅大立轴啊！

大画，我是看过的，大千先生画荷，用全开的大纸并排连作，恍如一片云梦大泽。我也曾在美国德州，看过一幅号称世界最大的画。看的时候不免好笑，论画，怎能以大小夸口？德州人也许有点奇怪的文化自卑感，所以动不动就要强调自己的大。那幅画自成一间收藏馆，进去看的人买了票，坐下，像看电影一样，等着解说员来把大画一处处打上照灯，慢慢讲给你听。

西方绘画一般言之多半作扁形分割，中国古人因为席地而坐，所以有一整面的墙去挂画，因而可以挂长长的立轴。我看的德州那幅大画便是扁形的，但此刻，投射在我西邻墙上的画却是一幅立轴，高达十五公尺的立轴。

我四下望了望，明白这幅投影画是怎么造成的了。原来我的东邻最近大兴土木，为自己在后院造了一片景致。他铺了一片白色鹅卵石，种上一排翠竹，晚上，还开了强光投射灯，经灯一照，那些翠竹便把自己“影印”到那面大墙上。

我为这意外的美丽画面而惊喜呆立，手里还抱着由于白昼的恩赐而晒干的衣服，眼中却望着深夜灯光所幻化的奇景。

这东邻其实和我隔着一条巷子，我们彼此并不贴邻，只是他们那栋楼的后院接着我们这栋的后院。三个月前他家开始施工，工程的声音成天如雷贯耳，住这种公寓房子真是“休戚与共”，电锯电钻的声音竟像牙医在我牙床上动工，想不头痛也难。三个月过去，我这做邻居的倒也得到一份意外的奖品，就是有了一排翠生生的绿竹可以看。白天看不算，晚上还开了灯供你看，我想，这大概算是我忍受噪音的补偿吧？

我绝少午夜收衣服，所以从来没有看到这种娟娟竹影投向大壁的景致，今晚得见，也算奇缘一场。

古代有一女子，曾在夜晚描画窗纸上的竹影，我想那该算是写实主义的笔法。我看到的这一幅却不同，这一幅是把三公尺高的竹子，借着斜照的灯光扩大到十五公尺，充满浪漫主义的荒渺夸大的美感。

此刻，头上是台北上空有限的没有被光害完全掐死的星光，身旁又有奇诞如神话的竹影，我忽然充满感谢。想我半生的好事好像都是如此发生的：东邻种了一丛竹，西邻造了一堵壁，我却是站在中间的运气特别好的那一位，我看见了西园修竹投向东家壁面的奇景。

对，所有的好事全都如此发生，例如有人写了《红楼梦》，有人印了《红楼梦》，有人研究了红学，而我站在中间，左顾右盼，大快之余不免叫人来一起来瞧瞧，就这样，竟可以被叫作教授。又例如人家上帝造了好山好水，工人又铺了好桥好路，我来到这大块文章之前，喟然一叹，竟因而被人称为作家……

东邻种竹，但他看到的是落地窗外的竹，而未必见竹影。西邻有壁，但他们生活在壁内，当然也见不到壁上竹影。我既无竹也无壁，却是奇景的目击者和见证人。

是啊，我想，世上所有的好事都是如此发生的……

一只玉羊

它是一只羊，一只玉羊，静静地卧在橱架上，我也静静地看着它。

它的质地不好，用不着多么大的学问，就连我这样的外行也知道，那块玉已经差不多可以称之为石头了。

它的雕工也不好，粗疏的几刀，几乎有点草草了事。

何况它的价钱也不算太便宜。

但是，我终于决定，还是要把它买下来。当时我正走丝路，走到新疆的和田。

小学时候读地理书，一直以为和田玉是一种瓜果的名字，后来有次写作文，还说自己梦中到了新疆，吃了甜蜜的和田玉，被老师说了一顿，气得终生不忘。

而当我来到和田，和田已无玉，据说好玉都到了苏州，那里师傅的手巧，懂得碾作。

和田倒是有甜蜜多汁的葡萄，我想葡萄才是真正的和田玉，和我童年梦中的滋味一样悠长。

但我还是决定买下那只玉羊，感动我的理由只有一个：那羊一眼看去，便知道是深深懂得羊的人雕出来的。搞不好那雕刻师傅本身便是牧羊人，养着成千上百的羊……

如果有人问我从哪一痕刀法里看出雕刻家是个熟悉羊只的人，我也说不上来，但那浑厚的大角，安定的神情，跪坐时端凝的架势都不是江南巧匠学得来的。这只玉羊的作手想必是闭着眼睛也能模拟出羊的风姿神态的人。

我买它，便是基于这一重感动。我不是买羊，而是买了某个从小跟羊一起长大的人对羊的喜爱的感觉。

每当我把玩那只小羊，那种真实喜爱的感觉就会来到我心中。

类同的感动后来在台北看蒙古族人跳兔子舞的时候又出现一次。纯朴的舞者把自己扮成一只兔子，多疑的、不安的兔子，一会儿掀动鼻子，一会儿溜目回顾，一会儿拔腿狂奔，一会儿刨土自娱……他的舞不讲内涵，不讲象征，不求深度，他就是老老实实扮了一只兔子，但那其间有舞者从小在大草原上和兔子千百次交换目光之后的熟稔，使人动容的其实就是那份熟稔。

在众生的眉目间去指认

诗人辛郁走了，虽然手上正忙着评审的工作，我还是决定去参加他的追思会，致上最后的敬意。

我跟他不熟络，但在三四十年前，有一次，他很郑重地跟我说了一句推崇某位诗人的话，我当时也不觉特殊，事后想想，觉得这是辛郁了不起的过人处。

其实，诗人百分之八十都是好人——唉，如果擅长招摇撞骗，又何必来混诗人呢？但套句夏宇的话，诗人也算某种歹徒，能做江湖歹徒的，又何必来做文学歹徒呢？故秉性纯良的诗人多半只写些迷死人不偿命的美丽句子而已。

诗人虽多是好人，然而有一件善行他们却多半吝于去做，那就是“赞美和自己同辈的诗人”——当然，受邀为人写序的时候例外，为“小朋友诗人”写序，则更为出手大方。

也因此，辛郁私下向我说某诗人极优秀的那句话，我会记得那么久那么深，因为在别人嘴里很难听到这类话。去参加追思会，就是我对他“于人有敬意”的一点敬意。为人但有一好，便值得深深尊敬。

因为要去追思会，不免又在心中多盘点一些记忆，于是想起二〇〇九年，台湾曾有十多位作家受邀齐聚山东枣庄学院，一起开文学研讨会。枣庄，听名字像个小村庄，查资料才发现这是民初即已设立专线火车站的重要地方。

会后去谒孔庙，孔子如今是华人世界的“最大公约数”。当日游人如织。我因生平不爱背摄影机，便自在流连看景。看着看着，忽见一灰衣老衲，也来礼敬孔子。这老衲的外貌令我大吃一惊，而这人望来温和，我便走上前去和他搭讪，我说：

“师父，我们是台湾来的，你长得跟我们团里的一位团员像极了，好不好，你们两人合拍一张照片？”

师父是个好说话肯行方便的人，于是我便抓了辛郁过来，请女诗人龚华拍照，一面一一问大家：

“对不对？对不对，你们看嘛！这两人长得简直像一个模子里出来的！”

我当时其实有点无理取闹，既强拉龚华拍照，又强拉两人入照——但也因此，留下了一张可贵的照片。如今展览在纪念档里。

但我闹着要两个陌生人合照，其实也有一点特别的想法，我想说的是：

“不要想尽办法证明自己是世上独一无二的，说不定在什么时代，在什么地点，有个什么人，跟我十分相似哩！或眉目轮廓，或说话行事，或心思动念，谁知道呢？说不定就真有个‘另我’活在世上呢！”

辛郁祖籍山东曲阜，他姓宓，祖先是孔门弟子（我当时不知这些背景），但辛郁平时都说自己是杭州人，那老僧则不知何方人士，但他们如此相似，又在山东曲阜相遇，说不定真有其遥远的血缘关系。如果将来科技发展进步，DNA的检查变得又快速方便又价格廉宜，我们便可满街去认亲戚。原来，四海存兄弟姐妹，竟是事实。

诗人，和僧人，在某一点上也是相通相同的吧？而今，诗人走了，不知名的僧人又不知云游何方去了，只有六年前的照片如今悬在墙上。唉，但愿某时某地，老天真的再为我们冒出另一个诗人辛郁来。但愿在众生的眉目间，我们能指认出一生有点辛苦、有点抑郁，却又潜伏自矜如深林云豹的辛郁（曾经，在诗中，诗人纪弦以狼自况，辛郁则以豹）。

戈壁酸梅汤和低调幸福

前年盛夏，我人在内蒙古的戈壁滩，太阳直射，唉！其实已经不是太阳直射不直射的问题了，根本上你就像站在太阳里面呢！我觉得自己口干舌燥，这时，若有人在身边划火柴，我一定会赶快走避，因为这么一个干渴欲燃的我，绝对有引爆之虞。

“知道我现在最想最想的东西是什么吗？”我问众游伴。

很惭愧，在那个一倒地即可就地成为“速成脱水人干”的时刻，我心里想的不是什么道统的传承，不是民族的休戚，也不是丈夫儿女……

我说：“是酸梅汤啦！想想如果现在有一杯酸梅汤……”

此语一出，立刻引来大伙一片回应。其实那时车上尚有凉水。只是，有些渴，是水也解决不了的。

于是大家相约，等飞去北京，一定要去找一杯冰镇酸梅汤来解渴。这也叫“望梅止渴”吧！是以“三天后的梅”来止“此刻的渴”。

北京好像是酸梅汤的故乡，这印象我是从梁实秋先生的文章里读到的。那酸梅汤不只是酸梅汤，它的贩卖处设在琉璃厂。琉璃厂卖的是旧书、旧文物，本来就是清凉之地。客人逛走完了，低头饮啜一杯酸梅汤，梁老笔下的酸梅汤竟成了“双料之饮”——是和着书香喝下去的古典冷泉。

及至由内蒙古回到北京，那长安大街上哪里找得到什么酸梅汤的影子，到处都在卖可口可乐。

而梁老也早已大去，就算他仍活着，就算他陪我们一起来逛这北京城，就算我们找到了道道地地的酸梅汤，梁老也已经连喝一口的福气也没有了——他晚年颇为糖尿病所苦。在长安大街上走着走着，就想落泪，虽一代巨匠，一旦搅入轮回大限，也只能如此草草败下阵去。

好像，忽然之间，“幸福”的定义就跃跃然要迸出来了，所谓幸福，就是活着，就是在盛暑苦热的日子喝一杯甘洌沁脾的酸梅汤，虽然这种属于幸福的定义未免定得太低调。

回到台北，我立刻到中药铺去抓几服酸梅汤料（买中药要说“抓”，“抓”字用得真好，是人跟草药间的动作），酸梅汤料其实很简单，基本上是乌梅加山楂，甘草可以略放几片。但在台湾，却流行在每服配料里另加六七朵洛神花。酸梅汤的颜色本来只是像浓茶，有了洛神花便添几分艳俏。如果真把当年北京的酸梅汤盛一盏来和今日台湾的并列，前者如侠士，后者便是侠女了。

酸梅汤当然要放糖，但一定要放未漂白的深黄色粗砂糖，黄糖较甜，而且有一股焦香，糖须趁热搅入（台糖另有很可爱的小粒黄色冰糖，但因是塑胶盒，我便拒买了）。汤汁半凉时，还可以加几匙蜂蜜，蜂蜜忌热，只能用温水调开。

如果有桂花酱，那就更得无上妙谛了。

剩下来的，就是时间，给它一天半天的时间，让它慢慢从鼎沸火烫修炼成冰崖下滴的寒泉。

女儿当时虽已是大学生，但每次骑车从滚滚红尘中回到家里，猛啜一口酸梅汤之际，仍然忍不住又成了雀跃三尺的小孩。古代贵族每有世世相传的家徽，我们市井小民弄不起这种高贵的符号，但一家能有几样“家饮”“家食”“家点”来传之子孙也算不错，而且实惠受用。古人又喜以宝鼎传世，我想传鼎不如传食谱食方，后者才是“软体”呢！

因为有酸梅汤，溽暑之苦算来也不见得就不能忍受了。

有时，兀自对着热气氤氲上腾的一锅待凉的酸梅汤，觉得自己好像也是烧丹炼汞的术士，法力无边，我可以把来自海峡彼岸的一片梅林，一树山楂和几丛金桂，加上几朵来自东台湾山乡的霞红的洛神花，还有南部平原上的甘蔗田，忽地一抓，全摄入我杯中，肚为琼浆玉液。这种好事，令人有神功既成，应来设坛谢天的冲动。

好，我再来重复一次这妙饮的配方：乌梅、山楂、甘草、洛神花、糖、蜜、桂花，加上反复滚沸的慢火和缓缓降温的时间。此外，如果你真的希望让你手中的那杯酸梅汤和我的这杯一样好喝的话，那么你还须再加上一颗对生活“有所待却无所求”的易于感谢的心。

星　约

一　上一次

是因为期待吗？整个天空竟变得介乎可信赖与不可信赖之间，而我，我介乎悟道的高僧与焦虑的狂徒之际。

七十六年才一次啊！

"运气特别不好！"男孩说，"两千年来，这次哈雷是最不亮的一次！上一次，嘿，上一次它的尾巴拖过半个天空哩！"男孩十七岁，七十六年后他九十三，下一次，下一次他有幸和他的孩子并肩看星吗，像我们此刻？

至于上一次，男孩，上一次你在哪里，我在哪里，我的母亲又复在哪里？连民国亦尚在胎动。爽飒的鉴湖女侠墓草已长，黄兴的手指尚完好，七十二烈士的头颅尚在担风挑雨的肩上寄存。血在腔中呼啸，剑在壁上狂吟，白衣少年策马行过漠漠大野。那一年，就是那一年啊，彗星当空挥洒，仿佛日月星辰全是定位的镂刻的字模，唯独它，是长空里一气呵成的行草。

那一年，上一次，我们不在，但一一知道。有如一场宴会，我们迟了，没赶上，却见茶气氤氲，席次犹温，一代仁人志士的呼吸如大风盘旋谷中，向我们招呼，我们来迟了，没有看到那一代的风华。但一九一〇我们是知道的，在武昌起义和黄花岗之前的那一年我们是感念而熟知的。

二 初 识

还有，最初的那一次（其实怎能说是最初呢，只能说是最初的记载罢了，只能说是不甚认识的初识罢了），这美丽得使人惊惶的天象，正是以美丽的方块字记录的。在秦始皇的年代，“七年，彗星先出于东方，见北方……五月，见西方……”，秦代的资料，是以委婉的小篆体记录的吧？

而那时候，我们在哪里？易水既寒，群书成焚灰，博浪沙的大椎打中副车，黄石老人在桥头等待一位肯为人拾鞋的亢奋少年，伏生正急急地咽下满腹经书，以便将来有朝一日再复缓缓吐出，万里长城开始一尺一尺垒高、垒远……忙乱的年代啊，大悲伤亦大奋发的岁月啊，而那时候，我们在哪里？我们在哪里？

三　有所期

我们在今夜，以及今夜的期待里。以及，因期待而生的焦灼里。

不要有所期有所待，这样，你便不会忧伤。

不要有所系有所思，否则，你便成不赦的囚徒。

不要企图攫取，妄想拥有，除非，你已预先洞悉人世的虚空。

——然而，男孩啊，我们要听取这样的劝告吗？长途役役，我们有如一只罗盘上的指针，因神秘的磁场牵引而不安而颤抖而在每一步颠簸中敏感地寻找自己和整个天地的位置，但世上的磁针有哪一根因这种种劫难而后悔而愿意自决于磁场的骚动呢？

四　咒　诅

如果有人告诉我彗星是一场祸殃，我也是相信的。凡美丽的东西，总深具危险性，像生命。奇怪，离童年越远，我越是想起那只青蛙的童话：

有一个王子，不知为什么，受了魔法的诅咒，变成了青蛙。青蛙守在井底，他没有为这大悲痛哭泣，但他却听到了哭泣的声音，那一定来自小悲痛小凄怆吧？大痛是无泪的啊！谁哭呢？一个小女孩，为什么哭呢，为一只失落的球。幸福的小公主啊，他暗自叹息起来，她最响亮的号啕竟只为一只小球吗？于是他为她落井捡球。然后她依照契约做了他的朋友，她让青蛙在餐桌上有一席之地，她给了他关爱和友谊，于是青蛙恢复了王子之身。

——生命是一场受过巫法的大诅咒，注定朽腐，注定死亡，注定扭曲变形——然而我们活了下来，活得像一只井底青蛙，受制于窄窄的空间，受制于匆匆一夏的时间。而他等着，等一份关爱来破此魔法和诅咒。一瞬柔和的眼神已足以破解最凶恶的毒咒啊！

如果哈雷是祸殃，又有什么可悸可怖？我们的生命本身岂不是更大的祸殃吗？然而，然而我们不是一直相信生命是一场充满祝福的诅咒，一枚有着苦蒂的甜瓜，一条布满陷阱的坦途吗？

我不畏惧哈雷，以及它在传述中足以压住人的华灿和美丽。即使美如一场祸殃，我也不会因而畏惧它多于一场生命。

五 暂 时

缸里的荷花谢尽，浮萍潜伏，十二月的屋顶寂然，男孩一手拿着电筒，一手拿着星象图，颈子上挂着望远镜。

“哈雷在哪里？”我问。

“你怎么这么‘势利眼’，”男孩居然愤愤地教训起我来，“满天的星星哪一颗不漂亮，你为什么只肯看哈雷？”

淡淡的弦月下，阳台黝黑，男孩身高一米八四，我抬头看他，想起那首《日升日沉》的歌：

这就是我一手带大的小女孩吗？
这就是那玩游戏的小男孩吗？
是什么时候长大的呀？——他们

“看那颗天狼星，冬天的晚上就数它最亮，蓝汪汪的，对不对？它的光等是负一点四，你喜欢了，是不是？没有女人不喜欢天狼，它太像钻石了。”

我在黑夜中窃笑起来，男孩啊——

付这座公寓订金的时候，我曾惴惴然站在此处，揣想在这小小的舞台上，将有我人世怎样的演出？男孩啊，你在这屋子中成形，你在此听第一篇故事念第一首唐诗，而当年伫立痴想的时候，我从来不曾想到你会在此和我谈天狼星！

“蓝光的星是年轻的星，星光发红就老了。”男孩说。

星星也有生老病死啊？星星也有它的情劫和磨难啊？

“一颗流星。”男孩说。

我也看见了，它钢截利落，如钻石划过墨黑的玻璃。

“你许了愿？”

“许了。你呢？”

“没有。”

“怎么解释呢？怎样把话说清楚呢？我仍有愿望，但重重愿望连我自己静坐以思的时候对着自己都说不清楚，又如何对着流星说呢？”

“那是北极星——不过它担任北极星其实也是暂时的。”

“暂时？”

“对，等二十万年以后，就是大熊星来做北极星了，不过二十万年以后大熊星座的组合位置有点改变。”

暂时担任北极星二十万年？我了解自己每次面对星空的悲怆失措甚至微愠了，不公平啊，可是跟谁去争辩，跟谁去抗议？

“别的星星的组合形态也会变吗？”

“会，但是我们只谈那些亮的星，不亮的星通常就是远的星，我们就不管它们了。”

“什么叫亮的？”

“光度总要在一等左右，像猎户星座里最亮的，我们中国人叫它参宿七的那一颗，就是零点一等，织女星更亮，是零度。太阳最亮，是负二十六等……”

六　“光的单位”

奇怪啊，印度人以“克拉”计钻石，愈大的钻石克拉愈多，希腊人以“光等”计星亮，愈亮的星“光等”反而愈少，最后竟至于少成负数了。

“古希腊人为什么这么奇怪呢？为什么他们用这种方法来计算光呢？我觉得‘光度’好像指‘无我的程度’，‘我执’愈少，光源愈透，‘我’愈强，光愈暗。”

“没有那么复杂吧？只是希腊人就是这样计算的。”

我于是躺在木凳上发愣，希腊人真是不可思议，满天空都成了他们的故事布局，星空于他们竟是一整棚累累下垂的葡萄串，随时可摘可食，连每一粒葡萄晶莹的程度他们也都计算好了。

七 猎户在天

几年前的一个星夜。我们站在各种光等的星星下。

“猎户在天——”我说。

“《诗经》的句子吧？”女友问。

“怎么会，也不想想猎户星座是希腊名词啊！”

她大笑起来，她是被我的句型骗了，何况她是诗人，一向不讲理的，只是最后连我自己也恍惚起来，真的很像《诗经》里的句子呢！

我们有点在装迷糊吗？为什么每看到好东西我们就把它故意误为中国的？

猎户是一组美丽的星，宽宏的肩，长挺的腿，巧饰的腰带和腰带下的腰刀，旁边还有一只野兔呢！然而，这漂亮的猎者是谁呢？是始终在奔驰在追索在欲求的世人吗？不知道啊，但他那样俊朗，把一个形象从古希腊至今维系了三千年，我不禁肃然。

“看到腰带下的小腰刀吗？腰刀是三颗直排的星组成的，中间的那一颗你用望远镜仔细看，是一大团星云，它距离我们只不过一千五百光年而已。”

“一千五百年！是唐朝吗？”

"是南北朝。"

早于浓艳的李义山，早于狂歌的李白、沉郁的杜甫以及凿破大地的隋炀帝。南北朝，南北朝又复为何世呢？对那一整个年代我所记得的只有北魏的石雕，悠悠青石，刻成了清明实在的眉目，今夕的星光就是当年大匠举斧加石的年代出发的，历劫的石像至今犹存其极具硬度的大悲悯，历劫的星光则今夕始来赴我的双目的天池。

猎户星座啊！

八　见与不见

我其实是要看哈雷的，但哈雷不现，我只看到云。我终于对云感到抱歉了——这是不公平的，我渴望哈雷是因它稍纵即逝，然而云呢？云又岂是永恒的？此云曾是彼水，彼水曾是泉曾是溪，曾是河曾是海，曾是花上晓露眼中横波，曾是禾田间的汗水，曾是化碧前的赤血，壮士沙场之际的一杯酒是它，赵州说法时的半杯茶也是它。然而，我竟以为云只是云，我竟以为今日之云同于昨日之云，云不也跟哈雷一样是周而复始吗？迂回往来的吗？

我不断地向自己解释，劝自己好好看一朵云，那其间亦自有千古因缘，然而我依旧悲伤且不甘心，为什么这是一片灯网交织的城？且长年有着厚云层。为什么不让我今生今世看见一次哈雷！

“奇怪啊，神话只属于古代，至于我们的年代只有新闻，而且多是报道不实的，为什么？”

黑暗中男孩看我，叹了一口气，他半年前交了一篇历史课的读书报告，题目便是《中国神话的研究》，得分九十五。曾经统御过所有的英雄和巨灵，辉耀了整个日月星辰的神话，此刻已老，并且沦为一个中学生的读书报告。

在一个接一个的冬夜里我惋叹跌足，并且生自己的气，气自己被渴望折磨，神话里的夸父就是渴死的，我要小心一点才行。所以悲伤时我总是想哈雷先生（哈雷彗星以他的名字来命名），以及他亦悲亦喜的一生，他在二十六岁那年惊见彗星，此后他用许多年来研究，相信彗星会在自己一百零二岁时再现。看过彗星以后他又活了一甲子，死于八十六岁，像一个放榜前殁世的考生，无从证实自己的成绩。那哈雷死时是怎样想的呢，我猜他的心情正像一个孩子，打算在圣诞夜彻夜不眠，好看到圣诞老公公如何滑下烟囱，放下礼物。然而他困了，撑不住了，兴奋消失，他开始模糊了，心里却是不甘心的，嘴里说着半真半呓的叮咛：

“父亲，等下圣诞老人来的时候，一定要叫我喔！我要摸摸他的胡子！”

哈雷说的话想来也类似：

“造物啊，我熬不住了，我要睡了，你帮我看好，好吗？十六年后它会来的，我先睡，你到时候要叫我一声哟！”

生当清平昌大之盛世，结交一时之俊彦如牛顿，能于切磋琢磨中发天地之微，知宇宙之数，哈雷的平生际遇也算幸运了。然而，肉体的贮瓶终于要面临大朽坏的——并不因其间贮注的是大智慧而有异，只是大限来时，他是否有憾呢？

寒星如一片冰心的冬夜，我反复自问：

哈雷生平到底看过彗星重现吗？若说看见了，他事实上在星现前十六年已经死了，若说未见，他却是见的，正如围棋高手早在几小时以前预见胜负，一步步行去的每一着履痕他们都有如亲睹。

大军事家大政治家大科学家都是在不见处先见未明时先明的啊！

那么，我呢？我算不算看过那彗星的人呢？假设有盲者，站在凄凄长夜里，感知天空某一角落有灿然的光体如甩动的火把，算不算看到了呢？如果他倾耳辨听天河淙淙，如果他在安静中若闻哈雷的跳跃，像一只河畔的蚱蜢，蹦去又蹦回，他算不算看到了呢？而我，当我在金牛座昴星团中寻它，当我在白羊和双鱼座中寻它千百度思它千百度，我算不算看到它了呢？在无所视无所听无所触无所嗅的隔离中，我们可以仅仅凭信心念力去承认去体会身在云后的它吗？

九　我已践约

又一颗流星划过天空，天空割裂，但立刻拢合，造物的大诡秘仍然不得窥见。这不知名的星从此化为光尘，也许最后剩一小块陨石，落到地球上，被人捡起，放在陈列室里，像一部写坏了的爱情小说，光华消失，飞腾不见，只留下硬硬的纹理。

夜空有千亩神话万顷传奇，有流星表演的冰上芭蕾——万古乾坤只在此半秒钟演出。以此肉身，以此肉眼来面对他们，这种不公平的对决总使我心情大乱，悲喜无常。哈雷会来吗？原谅我的急躁，我和男孩有缘得窥七十六年一临的奇景吗？如果能，我为此感激，如果不能，让我感激朝朝来临的太阳，月月重圆的月亮，以及至七夕最凄丽的织女，于冬月亦明艳的猎户。我已践约，今夜，以及此生，哈雷也没有失约，但云横雾亘，我不能表示异议。

如果我不曾谢恩，此刻，为茫茫大荒中一小块荷花缸旁的立脚位置，为犹明的双眸，为未熄的渴望，为身旁高大的教我看星的男孩，为能见到的以及未能见到的，为能拥有的以及不能拥有的，为悲为喜，为悟为不悟，为已度的和未度的岁月，我，正式致谢。

画　晴

落了许久的雨，天忽然晴了。心理上就觉得似乎捡回了一批失落的财宝，天的蓝宝石和山的绿翡翠在一夜之间又重现在晨窗中了。阳光倾注在山谷中，如同一盅稀薄的葡萄汁。

我起来，走下台阶，独自微笑着、欢喜着。四下一个人也没有，我就觉得自己也没有了。天地间只有一团喜悦、一腔温柔、一片勃勃然的生气，我走向田畦，就以为自己是一株恬然的菜花。我举袂迎风，就觉得自己是一缕宛转的气流，我抬头望天，却又把自己误以为明灿的阳光。我的心从来没有这样宽广过，恍惚中忆起一节经文："上帝叫日头照好人，也照歹人。"我第一次那样深切地体会到造物的深心，我就忽然热爱起一切有生命和无生命的东西来了。我那样渴切地想对每一个人说声早安。

不知怎的，忽然想起住在郊外的陈，就觉得非去拜访她不可，人在这种日子里真不该再有所安排和计划的。在这种阳光中如果不带有几分醉意，凡事随兴而行，就显得太不调和了。

转了好几班车，来到一条曲折的黄泥路。天晴了，路刚晒干，温温软软的，让人感觉到大地的脉搏。一路走着，不觉到了，我站在竹篱面前，连吠门的小狗也没有一只。门上斜挂了一把小铃，我独自摇了半天，猜想大概是没人了。低头细看，才发现一个极小的铜锁——她也出去了。

我又站了许久，不知道自己该往哪里去。想要留个纸条，却又说不出所以造访的目的。其实我并不那么渴望见她的。我只想消磨一个极好的太阳天，只想到乡村里去看看五谷六畜怎样欣赏这个日子。

抬头望去，远处禾场很空阔，几垛稻草疏疏落落地散布着，颇有些仿古制作的意味。我信步徐行，发现自己正走向一片广场。黄绿不匀的草在我脚下伸展着，奇怪的大石在草丛中散置着。我选了一块比较光滑的斜靠而坐，就觉得身下垫的，和身上盖的都是灼热的阳光。我陶醉了许久，定神环望，才发现这景致简单得不可置信——一片草场，几块乱石。远处唯有天草相黏，近处只有好风如水。没有任何名花异草，没有任何仕女云集。但我为什么这样痴呆地坐呢？我是被什么吸引着呢？

我悠然地望着天，我的心就恍然回到往古的年代，那时候必然也是一个久雨后的晴天，一个村野之人，在耕作之余，到禾场上去晒太阳。他的小狗在他的身边打着滚，弄得一身的草。他酣然地躺着，傻傻地笑着，觉得没人经历过这样的幸福。于是，他兴奋起来，喘着气去叩王室的门，要把这宗秘密公布出来。他万没有想到所有听见的人都掩袖窃笑，从此把他当作一个典故来打趣。

他有什么错呢？因为他发现的真理太简单吗？但经过这样多个世纪，他所体味的幸福仍然不是坐在暖气机边的人所能了解的。如果我们肯早日离开阴深黑暗的蛰居，回到热热亮亮的光中，那该多美呢！

头顶上有一棵不知名的树，叶子不多，却都很青翠，太阳的影像从树叶的微隙中筛了下来。暖风过处一满地圆圆的日影都欣然起舞。唉，这样温柔的阳光，对于庸碌的人而言，一生之中又能几遇呢？

坐在这样的树下，又使我想起自己平日对人品的观察。我常常觉得自己的浮躁和浅薄就像“夏日之日”，常使人厌恶、回避。于是在深心之中，总不免暗暗地向往着一个境界——“冬日之日”。那是光明的，却毫不刺眼；是暖热的，却不致灼人。什么时候我才能那样含蕴，那样温柔敦厚而又那样深沉呢？“如果你要我成为光，求你叫我成为这样的光。”我不禁用全心灵祷求：“不是独步中天，造成气焰和光芒。而是透过灰冷的心，用一腔热忱去温暖一切僵坐在阴湿中的人。”

渐近日午，光线更明朗了，一切景物的色调开始变得浓重。记得读过段成式的作品，独爱其中一句：“坐对当窗木，看移三面阴。”想不到我也有缘领略这种静趣，其实我所欣赏的，前人已经欣赏了。我所感受的，前人也已经感受了。但是，为什么这些经历依旧是这么深，这么新鲜呢?

身旁有一袋点心，是我顺手买来，打算送给陈的。现在却成了我的午餐。一个人，在无垠的草场上，咀嚼着简单的干粮，倒也是十分有趣。在这种景色里，不觉其饿，却也不觉其饱。吃东西只是一种情趣，一种艺术。

我原来是带了一本词集子的，却一直没打开，总觉得直接观赏情景，比间接的观赏要深刻得多。饭后有些倦了，才顺手翻它几页。不觉沉然欲睡，手里还拿着书，人已经恍然踏入另一个境界。

等到醒来，发现几只黑色瘦胫的羊，正慢慢地啮着草，远远的有一个孩子跷脚躺着，悠然地嚼着一根长长的青草。我抛书而起，在草场上迂回漫步。难得这么静的下午，我的脚步声和羊群的啮草声都清晰可闻。回头再看看那曲臂为枕的孩子，不觉有点羡慕他那种“富贵于我如浮云”的风度了。几只羊依旧低头择草，恍惚间只让我觉得它们嚼的不只是草，而是冬天里半发的绿意，以及草场上无边无际的阳光。

日影稍稍西斜了，光辉却仍旧不减，在一天之中，我往往偏爱这一刻。我知道有人歌颂朝云，有人爱恋晚霞，至于耀眼的日升和幽邃的黑夜都惯受人们的钟爱。唯有这样平凡的下午，没有一点彩色和光芒的时刻，常常会被人遗忘。但我却不能自禁地喜爱并且瞻仰这份宁静、恬淡和收敛。我回到自己的位置坐下，茫茫草原，就只交付我和那看羊的孩子吗？叫我们如何消受得完呢？

偶抬头，只见微云掠空，斜斜地排着，像一首短诗，像一阕不规则的小令。看着看着，就忍不住发出许多奇想。记得元曲中有一段述说一个人不能写信的理由："不是无情思，过青江，买不得天样纸。"而现在，天空的蓝笺已平铺在我头上，我却又苦于没有云样的笔。其实即使有笔如云，也不过随写随抹，何尝尽责描绘造物之奇。至于和风动草，大概本来也想低吟几句云的作品。只是云彩总爱反复地更改着，叫风声无从传布。如果有人学会云的速记，把天上的文章流传几篇到人间，却又该多么好呢。

正在痴想之间，发现不但云朵的形状变幻着，连它的颜色也奇异地转换了。半天朱霞，粲然如焚，映着草地也有三分红意了。不仔细分辨，就像莽原尽处烧着一片野火似的。牧羊的孩子不知何时已把他的羊聚拢了，村落里炊烟袅升，他也就隐向一片暮霭中去了。

我站起身来，摸摸石头还有一些余温，而空气中却沁进几分凉意了。有一群孩子走过，每人抱着一怀枯枝干草。忽然见到我就停下来，互相低语着。

"她有点奇怪，不是吗？"

"我们这里从来没有人来远足的。"

“我知道，”有一个较老成的孩子说，“他们有的人喜欢到这里来画图的。”

“可是，我没有看见她的纸和她的水彩呀！”

“她一定画好了，藏起来了。”

得到满意的结论以后，他们又作一行归去了。远处有疏疏密密的竹林，掩映一角红墙，我望着他们各自走入他们的家，心中不禁怃然若失。想起城市的街道，想起两侧壁立的大厦，人行其间，抬头只见一线天色，真仿佛置身于死荫的幽谷了。而这里，在这不知名的原野中，却是遍地泛滥着阳光。人生际遇不同，相去多么远啊！

我转身离去，落日在我身后画着红艳的圆。而远处昏黄的灯光也同时在我面前亮起。那种壮丽和寒碜成为极强烈的对照。

遥遥地看到陈的家，也已经有了灯光，想她必是倦游归来了，我迟疑了一下，没有走过去摇铃，我已拜望过郊上的晴朗，不必再看她了。

走到车站，总觉得手里比来的时候多了一些东西，低头看看，依然是那一本旧书。这使我忽然迷惑起来，难道我真的携有一张画吗？像那个孩子所说的：“画好了，藏起来了！”

归途上，当我独行在黑茫茫的暮色中，我就开始接触那幅画了。它是用淡墨染成“晴郊图”，画在平整的心灵素宣上，在每一个阴黑的地方向我展示。

交 会

印度人的说法：一切河流交汇之处，都是神圣的。

楔 子

八月底，在尼泊尔，因为是“雨季”，所以附带也是“云季”，大部分的高山只剩半截，我们只能看到云气呵护下的山根的那一半。但此刻飞机一腾空，我们高兴得尖叫，像玩拼图游戏的小孩，剩下的这一半被我们在云的上面找到了。

一路凭窗贪看山景，心中了然，只觉前几日读的山景算是下卷，现在跟上卷一凑，整个情节立刻一清二楚了。

此行往印度，舍山而观水，应当另有一番惊动。

一

一下飞机，一卷热浪扑上，错不了的，这就是瓦拉那西城，这就是印度了。

生平是个循规蹈矩的人，所以忽然决定盛暑赴印度，在亲朋间不免引起小小的骚动。

“八月去印度，岂不热死？”

其实八九月间，在印度已算秋天了，这期间最可怕的不是热，而是雨，旅行的人会不会被雨所困？就要赌一赌运气了。至于热，玄奘当年受得了的，七亿五千万印度人受得了的，为什么我偏偏就娇贵一点？这么热的地方，《吠陀经》和《奥义书》还不是照样写出来了？这种温度并没有把释迦牟尼的智慧灵明热得融化掉了，也没有把泰戈尔的诗才销毁。我在自家热带岛上好端端地住了三十年，现在早拿定主意不怕任何热了。

没有下雨。

而且，发现大家都能抵得住热。

旅馆是老式的那种，拜潮热之赐，厚地毯有一股怪味，好在草坪很大，藤椅也很舒服，一本《奥义书》放在膝上，那本书我在台北虽也翻翻读读，总不如此刻贴切，眼前的垂垂绿荫，一一仿佛注释，使人明了易懂。其中有一段跟《道德经》的首段论道的话倒可互相参证：

> 它。不是语言之所能言——是语言因之而言
> 不是心之所能思——是心因之而思
> 不是眼之所能见——是眼因之而见
> …………

论生死，此书也说得空灵剔透：

> 有如一条尺蠖，到达一张叶子的末梢后又自另一张叶子挪移过去——自我，也这样摆脱肉体，离却无智，向另一世界迁徙过去。

夕阳在树，恒河在两公里外兀自流着，智慧的贝叶在手上，观光客在游泳池里沉浮，瑜伽老师在到处游说拉学生，卖纱丽（印度女人穿的长达五六米的裹身衣料）的老板正热心地示范，食物在餐厅里忙碌地烹制，养蛇的老人在引诱大家出钱看“猫鼬大战眼镜蛇”，印度是什么呢？这天竺古国，这奇怪的，被中国称作“西方”而又被欧人称为“东方”的土地，一张钞票除了用“兴度”语注明币值，竟然另外还需要加上“孟加拉国”“玛鲁瓦蒂”“玛里亚兰”“乌

都”等十三种语言（加上“兴度”语，共计十四种），而这十四种并不代表全数文字。据云印度种族大约三百五十种，单单要让这样离心离德的三百多种种族吃饱已经不是易事了，何况人吃饱了总是还有其他的事，当然，吃不饱又有更多的事。

想想这样一座城也真替它发愁，十万座庙的城，以湿婆为守护神的城，两千六百年前就文物鼎盛的城，一年三百六十五天里它倒有四百多个节日的城（一方面因为神多，一方面因为种族多，所以经常一天要庆祝好几个节）。这到底是个怎样的地方？

二

“喂，你们是从台湾来的吗？”一个瘦黑鬈发的印度男孩跑过来。

一路上老被人当作日本人，解释成台湾又老被误听成“泰兰”（泰国）。但不解释又不甘心被当作日本人，真烦！此刻居然有人口操中国话前来问候，真不胜惊喜。

“你怎么会说中国话？”

“我在尼赫鲁大学主修中文，我叫马维亚，在飞机上听你们说中国话，我就猜到了！”

他虽读了中文，在印度也用不上，只好又学了西班牙文，做起西班牙文导游来，这两天他被一个委内瑞拉家庭雇用。那家人个个长得圆胖，却冷着脸毫无笑容，大概是户有钱人。马维亚茹素，跟我们坐一桌，谈得很起劲。

三

去恒河，是凌晨五点钟的事，因为要赶着看日出，看印度教徒如何对着旭日晨浴，只好绝早起来。

恒河照梵文应称殑伽河（Ganga），因为它是经殑伽女神导引下来的。恒河的神话极委婉，恒河原来的流域是梵天界的梅尔山顶，因为拗不过下界苦修者拜基拉达的真心，于是一流流到湿婆神的头发上，打算顺着头发再流到天竺国，但湿婆的头发太浓密只好分成七股流下来，而殑伽女神成为顺着头发顺着水滑到人间的一个神。

这天早晨，我们来到岸边的时候，恒河早已举行过百万次以上的日出典仪了，如果把三千年来每日前来恒河的人次算上，更是不可思议。对我而言，这恒河也算圣河，只因它发源自喜马拉雅，而中国既拥有半座喜马拉雅，这条河于中国也几乎有“半子”之亲。我们雇了一条船，为了防污染，这里的船都是小木舟，先往南行，再折北上。刚上船，只见旭日从灰云里艳射而出，亦光华亦幽晦，与“晴空万里”的单纯相较，别是一番意趣。城在河西，全城的人都可以站在一阶一阶的岸上一面沐浴，一面看河东的日出。岸上的人群令人目不暇接，许多人正用一种白色小树枝当牙刷漱口（这种漱口棒阿拉伯人也用），用法是把末梢部分用力一压，使之散成纤维，就可用了。令人吃惊的是，有人用河泥当牙粉在洗牙齿。岸上还有人在为人剃发，剃发颇有讲究，因为印度人相信人身如庙堂，人的头顶心那块部位就等于庙尖，所以那块头发必须保留，叫它作“通往天堂之路”。又有人在卖花，花放在叶片上，纸盘式的小油灯放在花上，然后放在河里，任之逐波而去，算是一种许愿。还有人在祈祷，有人在静坐，有人在惊险万状地扯下围身布（虽然使人无所回避，但他们多半有本领使自己不致被窥及全裸），有人在等待布施，有人分明是凑热闹的嬉皮，在追求神秘的东方经验。有人一脸虔诚，涉到河深处，打一点圣水回家，据说可以供祈祷或为临终病人抹点在双脚和嘴唇上用。做父母的也每带孩子前来。一位父亲把一罐子水猛然淋在儿子头上，小家伙被水一淋又是惊又是叫，又是怕又是爱，小脚板乐得直蹦直跳，全世界的小孩淋水时都是一样的国际表情，看来无限亲切。但两百米以外的下游，却有一栋“待死楼”，有些老人静静地等在那里，那是他们晚年最大的心愿，死在恒河边，委身恒河水。

怎么会有这样一条河！

火葬工作虽是个赚钱的行业（印度的死亡率高），却限于最下等的人才可以做，下等人是第五等人，也就是“不可碰类”。这位火葬场主人地位虽贱，钱却不少，每天总有两百个死人送来。主人临河盖了别墅，门口特意塑了一只黄斑大老虎，尾巴翘得老高，有种自鸣得意的样子，却又让人觉得有些什么补偿心态。船行到火葬场下便算走完全程，大家正巍颤颤地等着泊岸，只听哗啦一声，尘沙飞扬，从火葬场的矮墙里倒出一大堆黑渣渣的东西，可不正是尸灰和木炭吗？同伴中胆小的早已吓得魂飞魄散，及至舍船上岸，又见一个小孩被白布裹着，放在地上，平常尸体焚烧之前都用竹担架送入河水浸湿，算是最后一次栉沐。

“火葬场里女人不准来。”印度导游说。

“为什么？”虽然火葬场不是什么好地方，女孩子听了还是不服气。

“不能让她们来呀！她们一看到火，就会哭着跳进火里去啦！”

古代印度女子在战争期间曾有殉葬之风，印度有一个字suttee即专指跳入火中殉夫的女人，后来到和平期间竟仍相沿成风，相当残忍。如今女人跳火，不过十目所视，做个样子，她何尝想死？女人真想死，你关她在家也拦不住的。

这种事，身为女人，我相信自知的比导游多。

“小孩子不用焚烧了，”印度导游走过横放在岸边石阶上的死孩子，漠然地说，“圣人也不用。”

“为什么？而且，你怎么知道他圣不圣？”

“苦修的人就是圣人，这两种人都是纯洁的，所以不必烧，直接放到河中间水深的地方就行了。”

“那多脏呀！”

“人的身体一点用也没有，如果死了可以喂鱼，也算是一件好事，我们印度人是这样想的。”

所谓脏与不脏，实在很难说得清，我们嫌恒河藏污纳垢，而文明世界的工业污染才真把河川脏得更厉害呢！

回到住处，伴我们来的旅行社的于先生请教旅馆经理：

“我们今天早晨看到恒河边上有个小孩尸体，他的父亲缠裹他，怎么脸上一点悲伤都没有？”得到的答案竟是：

“他妈妈在家会哭的呀！哭得死去活来！”

在印度问话常常会得到出人意料的答案。

四

由于当天早上印度导游急着带我们去买纪念品（那大概是他们很重要的权益吧？），我意犹未尽，第二天又起个绝早，搭另外一队日本团的便车和船再去一次，打算好好看看火葬场。火葬场虽说不准女人走近，指的是死了亲人的印度女人，像我们这种没有跳火危险的女人是不在禁止之列的。火葬场工人对我们很客气，让我们站在很有利的位置上观看，不过照相是严禁的。由于瓦拉那西是个古城（在孔子时期，此城已经颇具规模了），一切设备都沿旧制，火葬场仍是露天式的，矮墙围成的大约二十米见方的一块土上，横七竖八地架上一垛垛的木桩，每垛木桩上各架着刚开始烧的，烧了一半的，或快烧好的死人。

“一个人要烧多久？”

“四五个小时。”一个人要花二十年才弄得到一个博士，要花好几年去恋爱（包括失败的），才找得到一个配偶（而搞不好，对方仍会中途脱逃），要十月怀胎才能得一个孩子，要分期付款十五年才买得下一栋房子。可是一旦两腿一伸，只要四五个小时（电力的还不需这么长的时间），就可以清者化烟，浊者成尘了……

也许是心理作用，只觉火葬场上烟雾腾天。

一个人，如果一生之中可以认定一条河去饮于其中，沐于其中，生于其中，死于其中，不管别人怎样看他，思想起来仍是一件令人眼湿的情感。

那些死者不但死了不会说话，即使活着，由于教育不普及，恐怕也未必是能文能语的人。但此刻，当他们肉体正哔哔剥剥一缕一缕化为齑粉的刹那，我仍能感到他们对恒河的痴爱，那样的无言之言，把什么都说清楚了。使我蓦然生敬的与其说是恒河，不如说是印度人对恒河的那份爱和依恋。

瓦拉那西是因瓦拉和那西两条河交汇而得名，印度人一向认为凡是两河交汇点一定是圣地，瓦拉那西因此一向被视为圣城。两河交汇有何圣处，我不知道，但每当另一个思想另一种态度触动我，与我若有所接若有所会之际，我总悚然惊起，恭恭敬敬地接受这种心交神会。心思灵明的交会也是圣的——我想。

五

到瓦拉那西的人当然也都会去看鹿野苑，鹿野苑是释迦牟尼最初说法的地方，中间没落三百年后，借孔雀王朝阿育王政治的力量而重新整顿。此人之于佛教，一如罗马的君士坦丁大帝之于基督教（君士坦丁与耶稣亦同为三百年），汉武帝之于儒教。三个人都是雄才大略，善于用兵。但大才华、大功业也每每带来大寂寞和大疑惑。阿育王在尸骨堆如丘山、血流汇成沟渠之余确立了他的帝国，却感到可怕的空虚和罪疚，一时之间竟变成释氏的信徒。大凡古来大彻大悟的人总不会是《孽海记》里的糊里糊涂自幼入庵的“色空尼姑”（无怪她到后来要“思凡”了），相反地，每每是嗜食狗肉的鲁智深、风流俊俏的柳湘莲反而更能看破。阿育王先前的暴虐和后来的仁德令人简直不能相信，他不但爱民如子，善待邻邦，提倡法治，而且，居然还设立了兽医院。阿育王当年自己登坛说法，全盛时期有一千五百个和尚……但这一切现在多半已成断垣残壁，十一世纪伊斯兰教一度入侵，印度教和佛教损失惨重，庙宇被毁，神佛每遭斩头去臂（不但泥菩萨不能自保，石头菩萨也不能自保）。某些地方，如菩提伽耶，当时有人硬是用泥封的方法把它整个圣迹掩盖起来，后来英国人又根据玄奘的《大唐西域记》重新把这些遗址一一挖出来。

我虽然既不信佛教也不信印度教，但两相比较总觉佛教可亲些、温和些、纯净些。印度教则不免显得烦琐魅异。鹿野苑算是印度境内少数佛教风格的景观，其中绿草平软，开阔明朗，“阿育王树”长得像一把规矩的伞，梭形的树叶一一呈九十度垂向地面。树叶边缘微皱，像浅浅的荷叶褶。

“你们看那棵菩提树很有名，它是第三代呢！”印度导游说。

“第三代？那，它的祖父在哪里？”

“在佛陀伽耶，就是释迦牟尼当年悟道的时候坐在底下的那一棵呀！”他对我们的无知几乎有点惊奇，“那里叫菩提树、金刚座，可是那一株老树已经死了。”

"它的父亲又是谁啊？"

"在锡兰卡（锡兰），是从佛陀伽耶拿去插枝的，这一棵又是从锡兰卡拿来插枝的！"

"菩提伽耶现在居然没有菩提树了吗？"

"有！而且长得也很好，不过，它也是从锡兰岛倒插回去的。"

我想我会一直记得，曾有一个八月的清晨，我站在瓦拉那西城的阿育王鹿野苑里，凝神看一株清荫四周的菩提树，树无所奇，奇的是它的身世。树和树，原来是可以异株而同根的。这一番树的血缘使我心驰神飞，早已忘却此际身在印度，只觉我看到的是中国的文化、五千年的道统，它可以跨海插枝而再生，它也可以在老株枯死僵仆之际重返其血肉，重归其精神。而台湾，我所生活的地方，不正是一棵枝繁叶茂的文化再生树吗？

鹿野苑里有博物馆，里面的东西全取自本地。

六

去看织纱丽的厂，原来一块纱丽料子竟要纺上十天以上。明知道回到台湾不可能穿那种东西，但还是忍不住想买，必须一再告诫善忘的自己："别买，别买，那东西没用的。"

可是一方面又鬼鬼祟祟地劝别人买，别人买了，我们将来有空去她家再瞧两眼讨瘾也就心满意足了。

七

“这是印度大学，全亚洲最大的。”

真有那么大吗？

“全世界的人都可以来读书，这是许多人合起来捐款盖的——其中捐款的人包括乞丐。”

简直像中国的武训啊！

大学本身也貌不惊人，比较特殊的是建有一所耗资两百万卢比（一卢比合四块五台币）的白色大理石庙（想想印度这么穷，这价值九百万台币的庙在好些年前也就颇为可观了）。另外也有一间博物馆，东西居然又多又精而且绝不重复，陈列也落落大方，不至于小家子气。

八

瓦拉那西城里有两样雕塑我几乎看得发痴，挪不开脚。

其一在鹿野苑博物馆，雕的是一座变形人体，名字叫

Ardhnari，意思是“完全之神”，那神明一半是男体一半是女体，男在右女在左，中间身体部分做S形分阴阳，虽然雕像高不过一尺，但除了极尽精妙，不免令人想起希腊神话里男女本为合体的传说，而男女一体时，原具超凡神力，后来为神所惧，才拆之为二的。从此男女便苦苦地寻找，想找回原来的“另一半”。

而这神叫“完全之神”，跟中国所说“夫妻牉合”“二人同心，其利断金”的意思也相仿，希腊雅利安人曾在中国盘庚迁殷以前就打到印度去，这小小的雕像想来正是两种文化交会的结果。而我站在这里如痴如醉地看这座雕像，恨不得引雕像一步步走下展览架，走到我的睫前，和我正在思索着的那句“一阴一阳之谓道”的中式思想交会而合流。

其二是大学庙堂里的巴尔娃蒂（Parvati）和刚乃虚（Ganesh）母子神像。那里面有一段长长的故事：

巴尔娃蒂是湿婆神的妻子，司音乐和文艺，略等于缪思（音乐系和中文系至今多半是女生读的），她的丈夫湿婆神虽然只是三位大天神里的一个，但一般而言却是民众最熟悉的一个，他疾恶如仇专司惩罚性的破坏。而有一次，他因天下事务繁忙，许久没有回家，他的妻子巴尔娃蒂百无聊赖中搓搓自己的手臂，不意却搓出一个小男孩来（小男孩也是神，当然立刻就长大）。等父亲湿婆回来，竟发现一个少年当户把守。原来那天巴尔娃蒂正在沐浴，严嘱儿子看门，不可放任何人进来。他不认识湿婆是自己的父亲，当然也不准他进去。湿婆更为疑心，两下打起来，少年的头立刻被砍掉了。然后，湿婆才知道自己杀的是自己的儿子！好在孩子是神，砍了头一时不会死，只需重新安装回来便可，但奇怪的是砍下的头居然找不回来，眼看再找不着就不济事了，刚好有一队象走过，湿婆只好另外砍个象头安在儿子的脖子上。从此他的儿子就成了一个象头人身的神，他被当作“知识之神”，兼“幸运之神”。

平时庙里这些神都各有神座，但在印度大学的庙里不知为什么把巴尔娃蒂和刚乃虚放在一起，母在右，子在左，母亲用一块纯黑色的大石头雕成，端凝美丽，儿子用白而微红的小块大理石雕，一副乖巧作痴的模样。刚乃虚本来也算个人物，广受香火，但只因坐在母亲身边，便自有母子相依的动人处。我走了老远，想想不舍，又折回去仔细盯着看了一番。不是黑色大雕像动人，也不是白色小雕像动人，是两像之间视而不见的情意最是动人。

九

“这个城，一向被人叫作学习的和煎熬的城（City of learning and burning）。”导游很权威地说。

“学习跟煎熬有什么关系？”我问。

“要受得住烧烤煎熬才学得成啊！”

“咱们中国人不是这样说的，”我笑起来，“我们说要学习就得忍受十年寒窗——大概你们太热了，才想出这样的成语。”

十

寒窗滴冰也罢，焦苦烧灼也罢，为人能像一条河，一面流一面能与别的河交汇错综而蔚为大地的叶脉网络，实在是件可奇可喜而又神圣万分的事。

海滩上没有发生的事

天热了，学校离海不远，老师把学生带到海边去玩。他们不太敢让学生下水，怕出事。校长却不怕，他自己站在水深处，规定学生以他为界，只准在水浅处玩。

小孩都乐疯了，连极胆小的也下了水，终于，大家都玩得尽兴了，学生纷纷上岸，这时，发生一件事，把校长吓得目瞪口呆。

原来，那些一、二年级的小女孩，上得岸来，觉得衣服湿了不舒服，便当众把衣裤脱了，在那里拧起水来。光天化日之下，她们竟然造成了一小圈天体营。

校长第一个冲动便是想冲上前去喝止——但，好在，凭着一个教育家的直觉，他等了几秒钟。这一等，太好了，于是，他发现四下里其实并没有任何人在大惊小怪。高年级的同学也没有人投来异样的眼光，傻傻的小男生更不知道他们的女同学不够淑女，海滩上一片天真欢乐。小女孩做的事不曾骚扰任何人，她们很快拧干了衣服，重新穿上——像船过水无痕，什么麻烦都没有留下。

不能想象，如果当天校长一声吼骂，会给那个快乐的海滩之旅带来多么愁惨尴尬的阴影。那些小女孩会永远记得自己当众丢了丑，而大孩子便学会了鄙视别人的“无行”，并为自己的“有行”而沾沾自喜。

他们是不必拭擦尘埃的，因为他们是大地，尘埃对他们而言是无妨无碍的，他们不必急着学会为礼俗规范而羞惭。他们何必那么快学会成人社会的琐碎小节。

许多事，如果没有那些神经质的家伙大叫一声“不得了啦！问题可严重啦”，原来也可以不称其为问题的。

有些女孩，吟了不该吟的诗

太过分了，这些女孩。

身为女人，居然还大刺刺地拥有才华。拥有才华倒也罢了，如果拥有的是刺绣或烹饪的本领，那还勉强说得过去。但她们居然爱吟诗且又能吟诗，这，不太过分了吗？（套句时下流行的“烂语”，也就是“太超过”了。）

其中第一个女孩名叫李冶，生在唐代。在唐朝，因为出了个靠上床取得政权的女皇帝，后来遂有人误以为这个时代的女权还不算低落。像清朝李汝珍写的《镜花缘》小说，就选择把天上的百花仙子贬落到大唐盛世的太平岁月里去。但，真相真的如此吗？

书上记载：

> 季兰（李冶字季兰）五六岁时，其父抱于庭。令咏蔷薇。
>
> 蔷薇似玫瑰而小，会攀爬，小女孩应口说：

经时未架却，心绪乱纵横。

不得了，这下父亲变了脸，原本的爱宠消失了，小女孩立刻遭到鄙夷。

父恚曰：必失行妇也。后竟如其言。

李冶的诗在唐代少数女诗人中算是好的，却只因一句诗，被父亲预言为坏女人，真是情何以堪。那两句诗我姑且译如下：

只因这阵子疏懒，没有好好去为花朵搭个架子，众蔷薇竟泛滥成灾，纵横满园，恰似我纷乱难整的心事。

乖女孩怎么可以告诉别人自己内心的失序和不宁！难怪李爸爸发怒了。

另外有位薛郧也是唐朝人，他的女儿薛涛八九岁了，也颇知声律。有一天，做父亲的以井畔梧桐为题说了两句“庭除一古桐，耸干入云中”，不料薛涛接的句子是：“枝迎南北鸟，叶送往来风。”

书上所记的是“父愀然久之，后，果入乐籍”。

如果有个小男孩，吟出这样的句子，想来做父母的会说：“你听，你听，这孩子性格活泼，想来以后可以做‘外交部长’哦！”

但薛涛是女孩，好女孩不应该跟人说她隐秘的私愿，如果说了，她未来的命运便是堕入风尘。

明代江苏常熟的季贞一（嘿，多正经的好女人的名字），也有这样的故事：

> 其父老儒也，抱置膝上，令咏烛诗，应声曰：“泪滴非因痛，花开岂为春。”其父推堕地，曰：“非良女子也。”后果以放诞致死。

这小女孩犯下什么忌讳吗？她的诗，我为她意译如下：

小蜡烛啊
你的烛泪就这样一行行一行行地滴滴坠
坠滴滴
不是因为皮肉之灼痛
而是另有其哀愁啊
正如春日花开了
但花岂为春日而开
它自有它自己非开花不可的自行自是的
自己的理由啊

这样的诗，有什么理由不准小女孩写呢？而痛责她们的，竟是她们仰之事之的父亲啊！虽说是几百年前乃至千余年前的老故事了，不知为什么我读来总觉熟稔切近，仿佛事在眼前。

一碟辣酱

有一年，在香港教书。

港人非常尊师，开学第一周校长在自己家里请了一桌席，有十位教授赴宴，我也在内。这种席，每周一次，务必使校长在学期中能和每位教员谈谈。我因为是客，所以列在首批客人名单里。

这种好事因为在台湾从未发生过，所以我十分兴头地去赴宴。原来菜都是校长家的厨子自己做的，清爽利落，很有家常菜风格。也许由于厨子是汕头人，他在诸色调味料中加了一碟辣酱，校长夫人特别声明是厨师亲手调制的。那辣酱对我而言稍微嫌甜，但我还是取用了一些。因为一般而言广东人怕辣，这碟辣酱我若不捧场，全桌粤籍人士就没有谁会理它。广东人很奇怪，他们一方面非常知味，一方面却又完全不懂“辣”是什么。我有次看到一则比萨饼的广告，说“热辣辣的”，便想拉朋友一试，朋友笑说：“你错了，热辣辣跟辣没有关系，意思是指很热很烫。”我有点生气，广东话怎么可以把辣当作热的副词？仿佛辣本身不存在似的。

我想这厨子既然特意调制了这独家辣酱，没有人下箸总是很伤感的事。汕头人是很以他们的辣酱自豪的。

那天晚上吃得很愉快也聊得很尽兴。临别的时候主人送客到门口，校长夫人忽然塞给我一个小包，她说："这是一瓶辣酱，厨子说特别送给你的。我们吃饭的时候他在旁边巡巡看看，发现只有你一个人欣赏他的辣酱，他说他反正做了很多，这瓶让你拿回去吃。"

我其实并不十分喜欢那偏甜的辣酱，吃它原是基于一点善意，不料竟回收了更大的善意。我千恩万谢受了那瓶辣酱——这一次，我倒真的爱上这瓶辣酱了，为了厨子的那份情。

大约世间之人多是寂寞的吧？未被赞美的文章，未蒙赏识的赤忱，未受注视的美貌，无人为之垂泪的剧情，徒然地弹了又弹却不曾被一语道破的高山流水之音，或者，无人肯试的一碟食物……

而我只是好意一举箸，竟蒙对方厚赠，想来，生命之宴也是如此吧！我对生命中的涓滴每有一分赏悦，上帝总立即赐下万道流泉；我每为一个音符凝神，他总倾下整匹的音乐如素锦。

生命的厚礼，原来只赏赐给那些肯于一尝的人。

发了芽的番薯

买完了米，看见米箱旁边另有一箱番薯，我便问老板娘：

“你们有没有发了芽的番薯？”

她看着我，微微愣了一下，体味我的话里究竟有多少来者不善的意味。

“我们卖的番薯都是刚挖的啦！你放心！”

“不是啦，是我特别要买发了芽的来‘排看’的啦！”

“啊，有，有，有，你不早说，就是学校老师叫小孩带去的那一种。”

“对，对，”我附和她，“就是老师要的那种！”

其实我的孩子早已不用带着番薯去小学了，他在努力对付他的博士学位。

一转身，老板娘已从屋里拿出三个长着芽叶的番薯。

“免钱，这些本来打算自己吃的，吃不完，发了芽不能吃，丢了又可惜，你要拿去，最好了——免钱！”

我还是给了钱——面对这么美丽的新绿怎能不付费？

番薯拿回来，逶逶迤迤长满一窗台，我仿佛也因而拥有了一块仿冒的旱田。

记得是小学时候，老师说的，洋芋或番薯，发了芽就该丢掉，以免吃了中毒——但那吃下去可能中毒的小小茎块，只要换个方式发落，居然是人间至美的“多宝格”，可以吐出一片接一片的绿碧玺来呢！

很少有生命会一无是处吧？民间俗谚说“船破有底，底破有三千钉”，对一条生命而言，“放弃”，永远是一个荒谬邪恶的字眼。

第四辑

一半儿春愁，一半儿水

生命有如一枚神话世界里的珍珠，出于沙砾，归于沙砾，晶光莹润的只是中间这一段短短的幻象啊！然而，使我们颠之倒之甘之苦之的不正是这短短的一段吗？

一半儿春愁，一半儿水

——溪城忆旧

那年，她十七岁，我也是。夏天发榜，她考取了东吴，我也是。她读会计，我读中文，我们都很快乐。

我们相约去看新校区，南部乡下来的同班同学——真的很南部，比高雄还南，我们是屏东来的小孩。

同学叫她“狮子”，倒不是因为她凶恶，而是因为她名叫师瑾，“师”“狮”同音，大家就叫她“狮子”。

“狮子”长得美，一双大眼睛，慧黠灵动，莹澈渊深，仿佛一串说不完的谜面，令人沉吟费猜。“狮子”且清瘦，腰肢一把，轻盈若无，穿起那时代流行的蓬裙，直如云中仙子。

我们终于找到外双溪，那时是一九五八年，住在台北的人一时还没有学会污染的本领。我们站在溪边，我惊异于碧涧濑石之美——啊，教我怎么说呢，我只能说，那时候的水，真是水。没有杂质的水。

我当时忍不住跟狮子胡扯：

“我们去弄件游泳衣，下去游泳吧！”

其实，我只是说说。因为，第一，我根本不会游泳；第二，水也太浅，不可能施展身手。

但狮子这个人一向认真，她立刻很淑女地骂了一句：

“你神经啦！”

我懂她的意思，她是指光天化日，众目睽睽，一个女孩子只穿一件游泳衣便去戏水，岂不有伤风化？

而我当时那么说，无非想表达，此水清清，清到值得我们跳进去嬉戏！

四十年后的今天，我每周去东吴上小说课，经过溪边，总不免扼腕叹息。溪水啊！你昔日的美丽呢？虽然也有胆大的钓者继续钓鱼，虽然也有一两只白鹭穿梭其间。但，那曾经澄澈如玉的溪水却早已不见了。

狮子，继续着她在人世间循规蹈矩的步伐，继续流盼她的美目，但乳癌却攫住她。她抗拒，她去开刀，她去复健，她认真地前往大陆寻求医疗，然而，三年前她终于走了。灵堂布满白色的姬百合，她连葬礼都规划得一丝不苟。

我该向谁去讨回我误撞异域的朋友呢？

一九五八年，东吴在外双溪的第一栋校舍落成，中文系一年级在“第一教室”上课（那位置，现在是注册组在使用）。班上同学只有十人，如果用成本会计的眼光来看，真是浪费。但小班上课实在是令人难忘的好经验，认真的教授甚至可以记得我们作品中的某些句子，像张清徽（张敬）老师，三十年后她偶然还能当面背诵我大四“曲选习作”的句子：

“沟里波澜拥又推，乱成堆，一半儿春愁一半儿水。”

令我又喜又愧。

然而，清徽师也走了，祭吊时播放的不是哀乐而是她生前最喜欢的昆曲。啊！真是奇异的告别式啊！

“袅晴丝，吹来闲庭院……”

幽缓的《水磨调》，人生却是如此匆匆啊！

老师是旧式才女，有才华，又用功，连她的字我也是极喜欢的（虽然，不太有人知道她的书法）。她的古诗更写得好，浑茂质朴，情深意切，当今之日，华文世界，能写出这种水平的人，想来也不超过十个吧！

忆起清徽师，常忍不住恻恻而痛，因为同为女性，也因为疼惜，疼惜她这样的才女，却生不逢辰。她对自己的婚姻啧有烦言。但据我看，师丈并不坏。我有次在老师家中看到一帧佩剑少年的旧照片，那美少年英姿飒爽，足以令任何女子怦然心动，我问师丈：

“咦！这人是谁呀？”

“就是我呀！”

我当时大吃一惊！原来这不修边幅，说起话来颠三倒四的师丈，曾是早期清华的高才生，他英挺俊俏，眼神如电，令人形惭。他且又因抗战投身空军，可谓是才子又是英雄。老师当年倾心此人，本来应该可成一段佳话，但才子往往不容易与人相处，至于逢迎阿谀，当然更为不屑。在事业饱受挫折之余，他变得成天谈玄说命，不事生产。老师于是自怨自艾起来，词曲于她不失为一种及时的救赎。

啊！如果老师晚生五十年或者六十年，命运会不会好些？女性主义的大纛是不是让她可以活得更理直气壮一点？但反过来说如果她晚生六十年，那些来自书香世家的良好旧学根底也就没了——唉，人生实难啊！

何况，多年后，老师告诉我，她原为家计困窘，才在台大之外寻求兼课东吴的。那么，倒是我捡到便宜了，让我有一年之久领略她风趣隽永的授课。世事的凶吉休咎原是如此难卜，她的不幸，不料反而成就了我的幸运。

当这世上你可以称之为老师的人越来越少，学生却愈来愈多，真是件可悲的事。你眼看老成凋谢，却阻止不了他们的消失。于是你渐渐了解，原来，学者也不是永恒的，如果你不趁可请益的时候请益，将来，总有一天，你再也无法向他们请益了。

汪薇史（汪经昌）老师是我另一位恩师，不料在香港教书时发生车祸谢世。命运真是很奇怪的东西，汪老师和大多数外省老辈一样，对台湾的政治定位没什么把握。刚好，香港有意延聘他教书，他是希望能终老香港的，却不意为一辆不负责任的车子断了命。那司机何曾知道这一撞，撞碎了多少宝贵的曲学传承啊！

汪老师是曲学大师吴瞿安（吴梅）先生的弟子，在台湾曲学界可算得一代宗师。但奇怪的是他当初受聘中文系，所授的课程竟是“社会学”。

有一次，我请教汪老师要学词曲应该如何入手，他说应从《花间词》读起，我再问从《花间词》读起如何读，他说，你来我家，我讲给你听。我从此每周两次去老师家听《花间词》，他讲给我一个人听，免费，而且供应晚餐。甚至我后来结了婚，仍赖皮如故。有时在老师家谈得兴起，不觉已至午夜。忽听得日式房子的矮墙外，有人用压低的清亮男高音的嗓子在叫：

“晓风！”

我一惊而起，推开抑扬清激的工尺谱，完了完了，一定又过了十二点了。于是乖乖出门，跟来“捉”我的丈夫一起回家。从龙泉街到永康街，坐在脚踏车后座上，一路犹想着老师婉转的笛声。这种情节一路上演到我生了孩子，实在脱不了身，才算罢休。而那时候，老师也正打算赴香港上任去了。

我如今每次打开《花间词集》都不敢久读，因为一想起往事，就要流泪。

溪声千回，前尘如烟。连当年那可爱的会写情诗的学弟林炯阳也走了（至于他曾取得博士学位，当过中文系系主任，算来都属“末节”，他的诗人履历还是最可敬的）。我想，如今我只能珍惜活着的师友，并期待下一世纪的江山代出的人才。钟灵毓秀的溪城当能回应我的祈愿吧？

只因为年轻啊

一　爱——恨

小说课上，正讲着小说，我停下来发问：

“爱的反面是什么？”

“恨！”

大约因为对答案很有把握，他们回答得很快而且大声，神情明亮愉悦，此刻如果教室外面走过一个不懂中国话的老外，随他猜一百次也猜不出他们唱歌般快乐的声音竟在说一个“恨”字。

我环顾教室，心里浩叹，只因为年轻啊，只因为太年轻啊，我放下书，说：

“这样说吧，譬如说你现在正谈恋爱，然后呢？就分手了，过了五十年，你七十岁了，有一天，黄昏散步，冤家路窄，你们又碰到一起了，这时候，对方定定地看着你，说：

“‘×××，我恨你！’

“如果情节是这样的，那么，你应该庆幸，居然被别人痛恨了半个世纪，恨也是一种很容易疲倦的情感，要有人恨你五十年也不简单，怕就怕在当时你走过去说：

“‘×××，还认得我吗？’

“对方愣愣地呆望着你说：

“‘啊，有点面熟，你贵姓？’”

全班学生都笑起来，大概想象中那场面太滑稽太尴尬吧？

“所以说，爱的反面不是恨，是漠然。”

笑罢的学生能听得进结论吗？——只因太年轻啊，爱和恨是那么容易说得清楚的一个字吗？

二 受 创

来采访的学生在客厅沙发上坐成一排，其中一个发问道：

“读你的作品，发现你的情感很细致，并且总是在关怀，但是关怀就容易受伤，对不对？那怎么办呢？”

我看了她一眼，多年轻的额，多年轻的颊啊，有些问题，如果要问，就该去问岁月，问我，我能回答什么呢？但她的明眸定定地望着我，我忽然笑了起来，几乎有点促狭的口气：

“受伤，这种事是有的——但是你要保持一个完完整整不受伤的自己做什么用呢？你非要把你自己保卫得好好的不可吗？”

她惊讶地望着我，一时也答不上话。

人生世上，一颗心从擦伤、灼伤、冻伤、撞伤、压伤、扭伤，乃至到内伤，哪能一点伤害都不受呢？如果关怀和爱就必须包括受伤，那么就不要完整，只要撕裂。基督不同于世人的，岂不正在那双钉痕宛在的受伤手掌吗？

小女孩啊，只因年轻，只因一身光灿晶润的肌肤太完整，你就舍不得碰撞就害怕受创吗！

三　经济学的旁听生

“什么是经济学呢？”他站在台上，戴眼镜，灰西装，声音平静，典型的中年学者。

台下坐的是大学一年级的学生，而我，是置身在这二百人大教室里偷偷旁听的一个。

从一开学我就昂奋起来，因为在课表上看见要开一门

“社会科学概论”的课程，包括四位教授来设“政治”“法律”“经济”“人类学”四个讲座。想起可以重新做学生，去听一门门对我而言崭新的知识，那份喜悦真是掩不住藏不严，一个人坐在研究室里都忍不住要轻轻地笑起来。

“经济学就是把‘有限资源’做‘最适当的安排’，以得到‘最好的效果’。”

台下的学生沙沙地抄着笔记。

“经济学为什么发生呢？因为资源‘稀少’，不单物质‘稀少’，时间也‘稀少’——而‘稀少’又是为什么？因为，相对于‘欲望’，一切就显得‘稀少’了……”

原来是想在四门课里跳过经济学不听的，因为觉得讨论物质的东西大概无甚可观，没想到一走进教室来竟听到这一番解释。

“你以为什么是经济学呢？一个学生要考试，时间不够了，书该怎么念，这就叫经济学啊！”

我愣在那里反复想着他那句“为什么有经济学——因为稀少——为什么稀少，因为欲望”而麻颤惊动，如同山间顽崖愚壁偶闻大师说法，不免震动到石骨土髓咯咯作响的程度。原来整场生命也可作经济学来看，生命也是如此短小稀少啊！而人的不幸却在于那颗永远渴切不止的有所索求、有所跃动、有所未足的心，为什么是这样的呢？为什么竟是这样的呢？我痴坐着，任泪下如麻不敢去动它，不敢让身旁年轻的助教看到，不敢让大一年轻的孩子看到。奇怪，为什么他们都不流泪呢？只因为年轻吗？因年轻就看不出生命如果像戏，也只能像一场短短的独幕剧吗？“朝如青丝暮成雪”，乍起乍落的一朝一暮间又何尝真有少年与壮年之分？“急罚盏，夜阑灯灭”，匆匆如赴一场喧哗夜宴的人生，又岂有早到晚到早走晚走的分别？然而他们不悲伤，他们在低头记笔记。听经济学听到哭起来，这话如果是别人讲给我听的，我大概会大笑，笑人家的滥情，可是……

“所以，”经济学教授又说话了，“有位文学家卡莱亚这样形容：经济学是门‘忧郁的科学’……”

我疑惑起来，这教授到底是因有心而前来说法的长者，还是以无心来度脱的异人？至于满堂的学生正襟危坐是因岁月尚早，早如揭衣初涉水的浅溪，所以才凝然无动吗？为什么五月山栀子的香馥里，独独旁听经济学的我为这被一语道破的短促而多欲的一生而又惊又痛泪如雨下呢？

四 如果作者是花

“年年岁岁花相似，岁岁年年人不同。”

诗选的课上，我把句子写在黑板上，问学生：

“这句子写得好不好？”

“好！”

他们的声音听起来像真心的，大概在强说愁的年龄，很容易被这样工整、俏皮而又怅惘的句子所感动吧？

“这是诗句，写得比较文雅，其实有一首新疆民谣，意思也跟它差不多，却比较通俗，你们知道那歌词是怎么说的？”

他们反应灵敏，立刻争先恐后地叫出来：

太阳下山明早依旧爬上来
花儿谢了明年还是一样地开
美丽小鸟一去无影踪
我的青春小鸟一样不回来
我的青春小鸟一样不回来

那性格活泼的干脆就唱起来了。

“这两种句子从感性上来说，都是好句子，但从逻辑上来看，却有不合理的地方——当然，文学表现不一定要合逻辑，但是我还是希望你们看得出来，问题在哪里？”

他们面面相觑，又认真地反复念诵句子，却没有一个人答得上来。我等着他们，等满堂红润而聪明的脸，却终于放弃了，只因太年轻啊，有些悲凉是不容易觉察的。

"你知道为什么说'花相似'吗？是因为陌生，因为我们不懂花，正好像一百年前，我们中国是很少看到外国人，所以在我们看起来，他们全是一个样子，而现在呢，我们看多了，才知道洋人和洋人大有差别，就算都是美国人，有的人也有本领一眼看出住纽约、旧金山和南方小城的不同。我们看去年的花和今年的花一样，是因为我们不是花，不曾去认识花，体察花，如果我们不是人，是花，我们会说：

"'看啊，校园里每一年都有全新的新鲜人的面孔，可是我们花却一年老似一年了。'

"同样地，新疆歌谣里的小鸟虽一去不回，太阳和花其实也是一去不回的，太阳有知，太阳也要说：

"'我们今天早晨升起来的时候，已经比昨天疲软苍老了，奇怪，人类却一代一代永远有年轻的面孔……'

"我们是人，所以感觉到人事的沧桑变化，其实，人世间何物没有生老病死，只因我们是人，说起话来就只能看到人的痛，你们猜，那句诗的作者如果是花，花会怎么写呢？"

"年年岁岁人相似，岁岁年年花不同。"他们齐声回答。

他们其实并不笨，不，他们甚至可以说很聪明，可是，刚才他们为什么全不懂呢？只因为年轻，只因为对宇宙间生命共有的枯荣代谢的悲伤有所不知啊！

五　高倍数显微镜

他是一个生物系的老教授，外国人，我认识他的时候他已经退休了。

“小时候，父亲是医生，他看病，我就站在他旁边，他说：‘孩子，你过来，这是哪一块骨头？’我就立刻说出名字来……”

我喜欢听老年人说自己幼小时候的事，人到老年还不能忘的记忆，大约有点像太湖底下捞起的石头，是洗净尘泥后的硬瘦剔透，上面附着一生岁月所冲积洗刷出的浪痕。

这人大概注定要当生物学家的。

“少年时候，喜欢看显微镜，因为那里面有一片神奇隐秘的世界，但是看到最细微的地方就看不清楚了，心里不免想，赶快做出高倍数的新式显微镜吧，让我看得更清楚，让我对细枝末节了解得更透彻，这样，我就会对生命的原质明白得更多，我的疑难就会消失……”

“后来呢？”

“后来，果然显微镜愈做愈好，我们能看清楚的东西，愈来愈多，可是……”

“可是什么？”

“可是我并没有成为我自己所预期的‘更明白生命真相的人’，糟糕的是比以前更不明白了，以前的显微倍数不够，有些东西根本没发现，所以不知道那里隐藏了另一段秘密，但现在，我看得愈细，知道的愈多，愈不明白了，原来在奥秘的后面还连着另一串奥秘……”

我看着他清癯渐消的颊和清灼明亮的眼睛，知道他是终于“认了”。半世纪以前，那意气风发的少年以为只要一架高倍数的显微镜，生命的秘密便迎刃可解，什么使他敢生出那番狂想呢？只因为年轻吧？只因为年轻吧？而退休后，在校园的行道树下看花开花谢的他终于低眉而笑，以近乎撒赖的口气说：

“没有办法啊，高倍数的显微镜也没有办法啊，在你想尽办法以为可以看到更多东西的时候，生命总还留下一段奥秘，是你想不通猜不透的……”

六 浪 掷

开学的时候，我要他们把自己形容一下，因为我是他们的导师，想多知道他们一点。

大一的孩子，新从成功岭下来，从某一点上看来，也只像高四罢了，他们倒是很合作，一个一个把自己尽其所能地描述了一番。

等他们说完了，我忽然觉得惊讶不可置信，他们中间照我来看分成两类：有一类说“我从前爱玩，不太用功，从现在起，我想要好好读点书”；另一类说“我从前就只知道读书，从现在起我要好好参加些社团，或者去郊游”。

奇怪的是，两者都有轻微的追悔和遗憾。

我于是想起一段三十多年前的旧事，那时流行一首电影插曲（大约是叫《渔光曲》吧），阿姨舅舅都热心播唱，我虽小，听到“月儿弯弯照九州”觉得是可以同意的，却对其中另一句大为疑惑。

“舅舅，为什么要唱‘小妹妹青春水里流（或“丢”？不记得了）’呢？”

“因为她是渔家女嘛，渔家女打鱼不能去上学，当然就浪费青春啦！”

我当时只知道自己心里立刻不服气起来，但因年纪太小，不会说理由，不知怎么吵，只好不说话，但心中那股不服倒也可怕，可以埋藏三十多年。

等读中学听到“春色恼人”，又不死心地去问，春天这么好，为什么反而好到令人生恼，别人也答不上来，那讨厌的甚至眨眨狎邪的眼光，暗示春天给人的恼和“性”有关。但事情一定不是这样的，一定另有一个道理，那道理我隐约知道，却说不出来。

更大以后，读《浮士德》，那些埋藏许久的问句都汇拢过来，我隐隐知道那里有一番解释了。

年老的浮士德，坐对满屋子自己做了一生的学问，在典籍册页的阴影中他乍乍瞥见窗外的四月，歌声传来，是庆祝复活节的喧哗队伍。那一霎间，他懊悔了，他觉得自己的一生都抛掷了，他以为只要再让他年轻一次，一切都会改观。中国元杂剧里老旦上场照例都要说一句“花有重开日，人无再少年”（说得淡然而确定，也不知看戏的人惊不惊动），而浮士德却以灵魂押注，换来第二度的少年以及因少年才“可能拥有的种种可能”。可怜的浮士德，学究天人，却不知道生命是一桩太好的事情，好到你无论选择什么方式度过，都像是一种浪费。

生命有如一枚神话世界里的珍珠，出于沙砾，归于沙砾，晶光莹润的只是中间这一段短短的幻象啊！然而，使我们颠之倒之甘之苦之的不正是这短短的一段吗？珍珠和生命还有另一个类同之处，那就是你倾家荡产去买一粒珍珠是可以的，但反过来你要拿珍珠换衣换食却是荒谬的，就连镶成珠坠挂在美人胸前也是无奈的，无非使两者合作一场“慢动作的人老珠黄”罢了。珍珠只是它圆灿含彩的自己，你只能束手无策地看着它，你只能欢喜或喟然——因为你及时赶上了它出于沙砾且必然还原为沙砾之间的这一段灿然。

而浮士德不知道——或者执意不知道，他要的是另一次“可能”，像一个不知是由于技术不好或是运气不好的赌徒，总以为只要再让他玩一盘，他准能翻本。三十多年前想跟舅舅辩的一句话我现在终于懂得该怎么说了，打鱼的女子如果算是浪掷青春的话，挑柴的女子岂不也是吗？读书的名义虽好听，而令人眼目为之昏眊，脊骨为之佝偻，还不该算是青春的虚掷吗？此外，一场刻骨的爱情就不算烟云过眼吗？一番功名利禄就不算滚滚尘埃吗？不是啊，青春太好，好到你无论怎么过都觉浪掷，回头一看，都要生悔。

“春色恼人”那句话现在也懂了，世上的事最不怕的应该就是“兵来有将可挡，水来以土能掩”，只要有对策就不怕对方出招。怕就怕在一个人正小小心心地和现实生活斗阵，打成平手之际，忽然阵外冒出一个叫宇宙大化的对手，他斜里杀出一记叫“春天”的绝招，身为人类的我们真是措手不及。对着排山倒海而来的桃红柳绿，对着蚀骨的花香，夺魂的阳光，生命的豪奢绝艳怎能不令我们张皇无措，当此之际，真是不做什么既要懊悔——做了什么也要懊悔。春色之叫人气恼跺脚，就是气在我们无招以对啊！

回头来想我导师班上的学生，聪明颖悟，却不免一半为自己的用功后悔，一半为自己的爱玩后悔——只因年轻啊，只因太年轻啊，以为只要换一个方式，一切就扭转过来而无憾了。孩子们，不是啊，真的不是这样的！生命太完美，青春太完美，甚至连一场匆匆的春天都太完美，完美到像喜庆节日里一个孩子手上的气球，飞了会哭，破了会哭，就连一日日空瘪下去也是要令人哀哭的啊！

所以，年轻的孩子，连这么简单的道理你难道也看不出来吗？生命是一个大债主，我们怎么混都是它的积欠户。既然如此，干脆宽下心来，来个“债多不愁”吧！既然青春是一场“无论做什么都觉是浪掷”的憾意，何不反过来想想，那么，也几乎等于“无论诚恳地做了什么都不必言悔”，因为你或读书或玩，或作战，或打鱼，恰恰好就是另一个人叹气说他遗憾没做成的。

——然而，是这样的吗？不是这样的吗？在生命的面前我可以大发职业病做一个把别人都看作孩子的教师吗？抑或我仍然只是一个太年轻的蒙童，一个不信不服欲有所辩而又语焉不详的蒙童呢？

念你们的名字

孩子们，这是八月初的一个早晨，美国南部的阳光舒迟而透明，流溢着一种让久经忧患的人鼻酸的、古老而宁静的幸福。助教把期待已久的发榜名单寄来给我，一百二十个动人的名字，我逐一地念着，忍不住覆手在你们的名字上，为你们祈祷。

在你们未来漫长的七年医学教育中，我只教授你们八个学分的国文，但是，我渴望能教你们如何做一个人——以及如何做一个中国人。

我愿意再说一次，我爱你们的名字，名字是天下父母满怀热望的刻痕，在万千中国文字中，他们所找到的是一两个最美丽最醇厚的字眼——世间每一个名字都是一篇简短质朴的祈祷！

“林逸文”“唐高骏”“周建圣”“陈震寰”，你们的父母多么期望你们是一个出类拔萃的孩子。“黄自强”“林进德”“蔡笃义”，多少伟大的企盼在你们身上。“张鸿仁”“黄仁辉”“高泽仁”“陈宗仁”“叶宏仁”“洪仁政”，说明了儒家传统的对仁德的向往。“邵国宁”“王为邦”“李建忠”“陈泽浩”“江建中”，显然你们的父母曾把你们奉献给苦难的中国。“陈怡苍”“蔡宗哲”“王世尧”“吴景农”“陆恺”，含蕴着一个古老圆融的理想。我常惊讶，为什么世人不能虔诚地细味另一个人的名字？为什么我们不懂得恭敬地省察自己的名字？每一个名字，不论雅俗，都自有它的哲学和爱心。如果我们能用细腻的领悟力去叫别人的名字，我们便能学会更多的互敬和互爱，这世界也可以因此而更美好。

这些日子以来，也许你们的名字已成为乡梓邻里间一个幸运的符号，许多名望和财富的预期已模模糊糊和你们的名字联在一起，许多人用钦慕的眼光望着你们，一方无形的匾已悬在你们的眉际。有一天，“医生”会成为你们的第二个名字，但是，孩子们，什么是医生呢？一件比常人更白的衣服？一笔比平民更饱涨的月入？一个响亮荣耀的名字？孩子们，在你们不必讳言的快乐里，抬眼望望你们未来的路吧！

什么是医生呢？孩子们，当一个生命在温湿柔韧的子宫中悄然成形时，你，是第一个宣布这神圣事实的人。当那蛮横的小东西在尝试转动时，你是第一个窥得他在另一个世界的心跳的人。当他陡然冲入这世界，是你的双掌，接住那华丽的初啼。是你，用许多防疫针把成为正常的权利给了婴孩。是你，辛苦地拉动一个初生儿的船纤，让他开始自己的初航。当小孩半夜发烧的时候，你是那些母亲理直气壮打电话的对象。一个外科医生常像周公旦一样，是一个在简单的午餐中三次放下食物走入急救室的人。有的时候，也许你只需为病人擦一点红汞水，开几颗阿司匹林，但也有时候，你必须为病人切开肌肤，拉开肋骨，拨开肺叶，将手术刀伸入一颗深藏在胸腔中的鲜红心脏。你甚至有的时候必须忍受眼看血癌吞噬一个稚嫩无辜的孩童而束手无策的裂心之痛！一个出名的学者来见你的时候，可能只是一个脾气暴烈的牙痛病人。一个成功的企业家来见你的时候，可能只是一个气结的哮喘病人。一个伟大的政治家来见你的时候，也许什么都不是，他只剩下一口气，拖着一个中风后的瘫痪的身体。挂号室里美丽的女明星，或者只是一个长期失眠的、神经衰弱的、有自杀倾向的患者——你陪同病人经过生命中最黯淡的时刻，你倾听垂死者最后的一次呼吸，探察他最后的一槌心跳。你开列出生证明书，你在死亡证明书上签字，你的脸写在婴儿初闪的瞳仁中，也写在垂死者最后的凝望里。你陪同人类走过生、老、病、死，你扮演的是一个怎样的角色啊！一个真正的医生怎能不是一个圣者。

事实上，作为一个医者的过程正是一个苦行僧的过程，你需要学多少东西才能免于自己的无知，你要保持怎样的荣誉心才能免于自己的无行，你要几度犹豫才能狠下心拿起解剖刀切开第一具尸体，你要怎样自省，才能在千万个病人之后免于职业性的冷静和无情。在成为一个医治者之前，第一个需要被医治的，应该是我们自己。在一切的给予之前，让我们先成为一个“拥有”的人。

孩子们，我愿意把那则古老的“神农氏尝百草”的神话再说一遍，《淮南子》上说：“古者民茹草饮水，采树木之实，食蠃蠬之肉，时多疾病毒伤之害，于是神农氏乃始教民播种五谷，……尝百草之滋味，水泉之甘苦，令民知所辟就，当此之时，一日而遇七十毒。”

神话是无稽的，但令人动容的是一个行医者的投入精神，以及那种人饥己饥、人溺己溺、人病己病的同情。身为一个现代的医生当然不必一天中毒七十余次，但贴近别人的痛苦，体谅别人的忧伤，以一个单纯的“人”的身份，恻然地探看另一个身罹疾病的“人”仍是可贵的。

记得那个“悬壶济世”的故事吗？“市中有老翁卖药，悬一壶于肆头，及市罢，辄跳入壶中，市人莫之见。”——那老人的药事实上应该解释成他自己。孩子们，这世界上不缺乏专家，不缺乏权威，缺乏的是一个“人”，一个肯把自己给出去的人。当你们帮助别人时，请记得医药是有时而穷的，唯有不竭的爱能照亮一个受苦的灵魂。古老的医术中不可缺的是“探脉”，我深信那样简单的动作里蕴藏着一些神秘的象征意义，你们能否想象用一个医生敏感的指尖去探触另一个人的脉搏的神圣画面?

因此，孩子们，让我们怵然自惕，让我们清醒地推开别人加给我们的金冠，而选择长程的劳瘁。诚如耶稣基督所说："非以役人，乃役于人。"真正伟人的双手并不浸在甜美的花汁中，它们常忙于处理一片恶臭的脓血。真正伟人的双目并不凝望最翠拔的高峰，它们低俯下来察看一个卑微的贫民的病容。孩子们，让别人去享受"人上人"的荣耀，我只祈求你们善尽"人中人"的天职。

我曾认识一个年轻人，多年后我在纽约遇见他，他开过计程车，做过跑堂，以及各式各样的生存手段——他仍在认真地念社会学，而且还在办杂志。一别数年，恍如隔世，但最安慰的是当我们一起走过曼哈顿的市声，他无愧地说："我还抱持着我当年那一点对人的关怀，对人的好奇，对人的执着。"其实，不管我们研究什么，可贵的仍是那一点点对人的诚意。我们可以用赞叹的手臂拥抱一千条银河，但当那灿烂的光流贴近我们的前胸，其中最动人的音乐仍是一分钟七十二响的雄浑坚实如祭鼓的人类的心跳！孩子们，尽管人类制造了许多邪恶，人体还是天真的可尊敬的奥秘的神迹。生命是壮丽的、强悍的，一个医生不是生命的创造者——他只是协助生命神迹保持其本然秩序的人。孩子们，请记住你们每一天所遇见的不仅是人的"病"，也是病的"人"，人的眼泪、人的微笑、人的故事，孩子们，这是怎样的权利！

作为一个国文老师，我所能给你们的东西是有限的。几年前，曾有一天清晨，我走进教室，那天要上的课是《诗经》。我捏着那古老的诗册，望着台下而哽咽了，眼前所能看见的是二十世纪的烽烟，而课程的进度却要我去讲三千年前的诗篇，诗中有的是水草浮动的清溪，是杨柳依依的水湄，是鹿鸣呦呦的草原，是温柔敦厚的民情。我站在台上，望着台下激动的眼神，仍然决定讲下去。那美丽的四言诗是一种永恒，我告诉那些孩子们有一种东西比权力更强，比疆土更强，那是文化——只要国文尚在，则中国尚在，我们仍有安身立命之所。孩子们，选择做一个中国人吧！你们曾由于命运生为一个中国人，但现在，让我们以年轻的、自由的肩膀，选择担起这份中国人的轭。但愿你所医治的，不仅是一个病人的沉疴，而是整个中国的羸弱。但愿你们所缝补的不仅是一个病人的伤痕，而是整个中国的痈疽。孩子们，所有的良医都是良相——正如所有的良相都是良医。

长窗外是软碧的草茵，孩子们，你们的名字浮在我心中，我浮在四壁书香里，书浮在黯红色的古老图书馆里，图书馆浮在无际的紫色花浪间，这是一个美丽的校园。客中的岁月看尽异国的异景，我所缅怀的仍是台北三月的杜鹃。孩子们，我们不曾有一个古老幽美的校园，我们的校园等待你们的足迹使之成为美丽。

孩子们，求全能者以广大的天心包覆你们，让你们懂得用爱心去托住别人。求造物主给你们内在的丰富，让你们懂得如何去分给别人。某些医生永远只能收到医疗费，我愿你们收到的更多——我愿你们收到别人的感念。

念你们的名字，在乡心隐动的清晨。我知道有一天将有别人念你们的名字，在一片黄沙飞扬的乡村小路上，或是曲折迂回的荒山野岭间，将有人以祈祷的嘴唇，默念你们的名字。

咱们小人物要多多说话

“狠狗不叫，叫狗不狠”，这条“狗之定律”对人类而言也完全适用。

可叵少年时期就曾经一再斟酌，到底我这辈子是该做“光咬不叫的狠狗”呢，还是“光叫不咬的虚张声势的狗”呢？这件事既是大事，宜乎仔细观察，慢慢决定。

可叵到大公司里去看，小职员毕恭毕敬：“报告董事长，关于上一次货柜的事件，为了避免以后发生同样的问题，我们业务组已经研究了一个方案……”董事长用鼻子回答一声：“嗯。”

可叵又到某某家庭去看，只见李大毛正委委屈屈地陈情：“橡皮和铅笔都涨价了，玻璃弹珠也涨了，王小华和张阿花的零用钱也加了，全班就剩我的零用钱最少了。妈妈说，如果你同意，她下个礼拜就把我的五块钱改成十块钱……”做爸爸的从烟圈和报纸之间丢下一句：“唔。”

可叵于是恍然大悟，原来做大人物的人只需会说“唔”

或“嗯”就够了。看来“大人物”这种行业是蛮容易当的。

尤其奇怪的是，除了说话，在文字方面，大人物也倾向低能。小人物洋洋洒洒地写了上万字的陈情书，大人物只需回一个“可”或“不可”（大人物如果学问大些，知道“不可”可以简写为“叵”，那就更省事了），而“可”与“不可”，都是小学一年级就会写的字，我有点怀疑大人物是因为功课不好才去当大人物的。

除此之外，可叵也效法伏羲，去观察鸟兽之道，才发现道理竟也相同。原来老鹰是不爱说话的，说话的是些吱吱喳喳的小八哥。而狮子呢，只会“呜”的一声，吼完了事，猫咪却咪咪喵喵地唠叨个没完。

两相比较之下，当然是做大人物为好，既简单，又利落，不会说话不会写字都不妨事。可是，说来悲哀，所谓万事不由人，正在可叵决定要做大人物的时候，才猛然在镜子里看到自家额头上早经上帝打好了“小人物”的“正字标记”了。

好在可叵当年研究此事之际，对于小人物要如何生存之道早已十分了然于胸，朱元璋一旦获知自己是“真命天子”时，未必知道该如何做真命天子，可叵获知自己是“真命小人物”之后，倒非常驾轻就熟，做得有模有样。

而咱们小人物的第一要件，就是要不停地说话。大象不说话，谁都会看见它在那里，但秋虫呢，当然就应该“唧唧复唧唧”啦，否则谁知道世界上有一个你呢！

有人颇不能想通可叵为什么以“中学生的三分头”为己任，唉，答案很简单，如果可叵是大人物，能“点一头而全天下之发”，你想我还会叽叽咕咕地说个没完没了吗？

说吧，说吧，凡我小人物，大家务要多做发声运动，以免牙齿生苔，既可增进自我身心健康，又可帮助大人物，免得他们连“嗯”和“唔”怎样说，或“可”和“不可”怎么写都忘了。

小人物啊，勉哉斯言！

半　局

楔　子

汉武帝读司马相如的《子虚赋》，忽然怅恨地说：

“朕独不得与此人同时哉！”

他错了，司马相如并没有死，好文章不一定都是古人做的，原来他和司马相如活在同一度的时间里。好文章、好意境加上好的赏识，使得时间也有情起来。

我不是汉武帝，我读到的也不是《子虚赋》，但蒙天之幸，让我读到许多比汉赋更美好的“人”。

我何幸曾与我敬重的师友同时，何幸能与天下人同时，我要试着把这些人记下来。千年万世之后，让别人来羡慕我，并且说：“我要是能生在那个时代多么好啊！”

大家都叫他杜公——虽然那时候他才三十几岁。

他没有教过我的课——不算我的老师。

他和我有十几年之久在一个学校里，很多时候甚至是在一间办公室里——但是我不喜欢说他是“同事”。

说他是朋友吗？也不然，和他在一起虽可以聊得逸兴遄飞，但我对他的敬意，使我始终不敢将他列入朋友类。

说“敬意”几乎又不对，他这人毛病甚多，带棱带刺，在办公室里对他敬而远之的人不少，他自己成天活得也是相当无奈，高高兴兴的日子虽有，唉声叹气的日子更多。就连我自己，跟他也不是没有斗过嘴，使过气，但我惊奇我真的一直尊敬他，喜欢他。

原来我们不一定喜欢那些老好人，我们喜欢的是一些赤裸、直接的人——有瑕的玉总比无瑕的玻璃好。

杜公是黑龙江人，对我这样年龄的人而言，模糊的意念里，黑龙江简直比什么都美，比爱琴海美，比维也纳森林美，比庞贝古城美，是榛莽渊深，不可仰视的。是千年的黑森林、千峰的白积雪加上浩浩万里、裂地而奔窜的江水合成的。

那时候我刚毕业，在中文系里做助教，他是讲师，当时学校规模小，三系合用一个办公室，成天人来人往的，他每次从单身宿舍跑来，进了门就嚷：

“我来‘言不及义’啦！”

他的喉咙似乎曾因开刀受伤，非常沙哑，猛听起来简直有点凶恶（何况他又长着一副北方人魁梧的身架），细听之下才发觉句句珠玑，令人绝倒。后来我读到唐太宗论魏徵（那个凶凶的、逼人的魏徵），却说其人“妩媚”，几乎跳起来，这字形容杜公太好了——虽然杜公粗眉毛，瞪凸眼，嘎嗓子，而且还不时骂人。

有一天，他和另一个助教谈西洋史，那助教忽然问他那段历史中兄弟争位后来究竟是谁死了，他一时也答不上来，两个人在那里久久不决，我听得不耐烦：

“我告诉你，既不是哥哥死了，也不是弟弟死了，反正是到现在，两个人都死了。”

说完了，我自己也觉得一阵悲伤，仿佛《红楼梦》里张道士所说的一个吃它一百年的疗妒羹——当然是效验的，百年后人都死了。

杜公却拊掌大笑：

“对了，对了，当然是两个都死了。”

他自此对我另眼看待，有话多说给我听，大概觉得我特别能欣赏——当然，他对我特别巴结则是在他看上跟我同住的女孩之后，那女孩后来成了杜夫人，这是后话，暂且不提。

杜公在学生餐厅吃饭，别的教职员拿到水淋淋的餐盘都要小心地用卫生纸擦干（那是十几年前，现在已改善了），杜公不然，只把水一甩，便去盛两大碗饭，他吃得又急又多又快，不像文人。

“擦什么？”他说，“把湿细菌擦成干细菌罢了！”

吃完饭，极难喝的汤他也喝：

“生理食盐水，”他说，“好欸！”

他大概吃过不少苦，遇事常有惊人的洒脱，他回忆在政大读政治研究所时说：

“蛇真多——有一晚我洗澡关门时夹死了一条。”

然后他又补充说：

“当时天黑，我第二天才看到的。”

他住的屋子极小，大约是四个半榻榻米，宿舍人又杂，他种了许多盆盆罐罐的昙花，不时邀我们清赏，夏天招待桂花绿豆汤、郁李（他自己取的名字，做法是把黄肉李子熬烂，去皮核，加蜜冰镇），冬天是腊八粥或猪腿肉红煨干鱿鱼加粉丝。我一直以为他对莳花深感兴趣，后来才弄清楚，原来他只是想用那些多刺的盆盆罐罐围满走廊，好让闲杂人等不能在他窗外聊天——穷教员要为自己创造读书环境真难。

“这房子倒可以叫‘不畏斋’了！”他自嘲道，“四十、五十而无闻焉，其亦不足畏也——孔夫子说的。”

他那一年已过了四十岁了。

当然，也许这一代的中国人都不幸，但我却特别同情一九二一年左右出生的人。更老的一辈赶上了风云际会，多半腾达过一阵；更年轻的在台湾长大，按部就班地成了青年才俊；独有五十几岁的那一代，简直是为受苦而出世的，其中大部分失了学，甚至失了家人，失了健康，勉力苦读的，也拿不出漂亮的学历，日子过得抑郁寡欢。

这让我想起汉武帝时代的那个三朝不被重用的白发老人的命运悲剧——别人用“老成谋国”者的时候，他还年轻；别人用“青年才俊”的时候，他又老了。

杜公能写字，也能作诗，他随写随掷，不自珍惜，却喜欢以米芾自居。

“米南宫哪，简直是米南宫啊！”

大伙也不理他。他把那幅“米南宫真迹”一握，也就丢了。

有一次，他见我因为一件事而情绪不好，便仿韩愈《送李愿归盘谷序》中“大丈夫之不得意于时也”的意思作了一篇《大小姐之不得意于时也》的赋，自己写了，奉上，令人忍俊不禁。

又有一次。一位朋友画了一幅石竹，他抢了去，为我题上“渊渊其声，娟娟其影”，墨润笔酣，句子也庄雅可喜，裱起来很有精神。其实，我一直没有告诉他，我喜欢他，远在米芾之上，米芾只是一个遥远的八百年前的名字，他才是一个人，一个真实的人。

杜公爱憎分明，看到不顺眼的人或事他非爆出来不可。

有一次他极讨厌的一个人调到别处去了，后来得意扬扬地穿了新机关的制服回来，他不露声色地说：

“这是制服吗？”

“是啊！”那人愈加得意。

“这是制帽？”

“是啊！”

“这是制鞋？”

“是啊！”

那个不学无术的家伙始终没有悟过来制鞋、制帽是指丧服的意思。

他另外讨厌的一个人一天也穿了一身新西装来炫耀。

“西装倒是好，可惜里面的不好！”

“哦，衬衫也是新买的呀！”

“我是指衬衫里面的。”

“汗衫？”

“比汗衫更里面的！”

很多人觉得他的嘴刻薄，不厚道，积不了福，我倒很喜欢他这一点，大概因为他做的事我也想做——却不好意思做。天下再没有比乡愿更讨厌的人，因此我连杜公的缺点都喜欢。

——而且。正因为他对人对物的挑剔，使人觉得受他赏识真是一件好得不得了的事。

其实，除了骂骂人，看穿了，他还是个“剪刀嘴巴豆腐心”。记得我们班上有个男孩，是橄榄球队队长，不知怎么阴错阳差地分到中文系来了。有一天，他把书包搁在山径旁的一块石头上，就去打球了，书包里的一本《中国文学发达史》滑出来，落在水沟里，泡得透湿。杜公捡起来，给他晾着，晾了好几天，这位仁兄才猛然想到书包和书，杜公把小心晾好的书还他，也没骂人，事后提起那位成天一身泥水一身汗的男孩，他总是笑滋滋的，很温暖地说：

“那孩子！”

杜公绝顶聪明，才思敏捷，涉猎甚广，而且几乎可以过目不忘，所以会意独深。他说自己少年时喜欢诗词，好发诗论。忽有一天读到王国维的《人间词话》，大吃一惊，原来他的论调竟跟王国维一样，他从此不写诗论了。

杜公的论文是《中国历代政治符号》，很为识者推重，指导教授是当时政治研究所主任浦薛凤先生。浦先生非常欣赏他的国学，把他推荐来教书，没想到一直开的竟是国文课。

学生国文程度不好——而且也不打算学好，他常常气得瞪眼。

有一次我在叹气：

“我将来教国文，第一，扮相就不好。”

“算了，”他安慰我，“我扮相比你还糟。”

真的，教国文似乎要有其扮相，长袍，白髯，咳嗽，摇头晃脑，诗云子曰，阴阳八卦，抬眼看天，无视于满教室的传纸条、瞌睡、K英文。不想这样教国文课的，简直就是一种怪物。

碰到某些老先生他便故作神秘地说：

“我叫杜奎英，奎者，大卦也。”

他说得一本正经，别人走了，他便纵声大笑。

日子过得不快活，但无妨于他言谈中说笑话的密度，不过，笑话虽多，总不失其正正经经读书人的矩度。他创立了《思与言》杂志，在十五年前以私人力量办杂志，并且是纯学术性的杂志，真是要有“知其不可而为之”的勇气。杜公比大多数《思与言》的同仁都年长些，但是居然慨然答应做发行人，台大政治系的胡佛教授追忆这段往事，有很生动的记载：

> 那时的一些朋友皆值二十与三十之年，又受过一些高等教育，很想借新知的介绍，做一点知识报国的工作。所以在兴致来时，往往商量着创办杂志，但多数在兴致过后，又废然而止。不过有一次数位朋友偶然相聚，又旧话重提，决心一试。为了躲避台北夏季的热浪，大家另约到碧潭泛舟，再作续谈。奎英兄虽然受约，但他的年龄略长，我们原很怕他涉世较深，热情可能稍减。正好在买舟时，他尚未到，以为放

弃。到了船放中流，大家皆谈起奎英兄老成持重，且没有公教人员的身份，最符合政府所规定的杂志发行人的资格，惜他不来。说到兴处，忽见昏黑中，一叶小舟破水追踪而来，并靠上我们的船舷。打桨的人奋身攀沿而上，细看之下竟是奎英兄。大家皆高声叫道：发行人出现了。奎英兄的豪情，的确不较任何人为减，他不但同意一肩挑起发行人的重责，且对刊物的编印早有全盘的构想。

其实，何止是发行人？他何尝不是社长、编辑、校对，乃至于写姓名发通知的人？（将来的历史要记载台湾的文人，他们共有的可爱之处便是人人都灰头土脸地编过杂志。）他本来就穷，至此更是只好“假私济公”，愈发穷了，连结婚都得举债。

杜公的恋爱事件和我关系密切，我一直是电灯泡，直到不再被需要为止。那实在也是一场痛苦缠绵的恋爱，因为女方全家几乎是抵死反对。

杜公谈起恋爱，差不多变了一个人，风趣、狡黠、热情洋溢。

有一次他要我带一张英文小纸条回去给那女孩，上面这样写：

请你来看一张全世界最美丽的图画，
会让你心跳加速
呼吸急促
……

小宝（我们都这样叫她）和我想不通他哪里弄来一张这种图画，及至跑去一看，原来是他为小宝加洗的照片。

他又去买些粗铅丝，用锤子把它锤成烤燔，带我们去内双溪烤肉。

也不知他哪里学来那么多稀奇古怪的本领，问他，他也只神秘地学着孔子的口吻说：“吾多能鄙事。”

小宝来请教我的意见，这倒难了，两人都是我的朋友，我曾是忠心不二的电灯泡，但朋友既然问起意见，我也只好实说：

“要说朋友，他这人是最好的朋友。要说丈夫，他倒未必是好丈夫，他这种人一向厚人薄己，要做他太太不容易，何况你们年龄相悬十七岁，你又一直要留学，你全家又都如此反对……”

真的，要家长不反对也难。四十多岁了，一文不名，人又不漂亮，同事传话，也只说他脾气偏执，何况那时候女孩子身价极高。

从一切的理由看，跟杜公结婚是不合理性的——好在爱情不讲究理性，所以后来他们还是结婚了。奇怪的是小宝的母亲至终倒也投降了，并且还在小宝留学进修期间给他们带了两年孩子。

杜公不是那种怜香惜玉低声下气的男人，不过他做丈夫看来比想象中要好得多，他居然会烧菜，会拖地，会插个不知什么流的花，知道自己要有孩子，忍不住兴奋地叨念着："唉，姓杜真讨厌，真不好取名字，什么好名字一加上杜字就弄反了。"

那么粗犷的人一旦柔情起来，令人看着不免心酸。

他的女儿后来取名"杜可名"，出于《老子》，真是取得好。

他后来转职政大，我们就不常见面了，但小宝回台后，倒在我家吃了一顿饭，那天许多同事聚在一起，加上他家的孩子，我家的孩子——着实热闹了一场。事后想来，凡事都是一时机缘，事境一过，一切的热闹繁华便终究成空了。

不久就听说他病了，一打听已经很不轻，肺中膈长癌，医生已放弃开刀，杜公是何等聪明的人，他立刻什么都明白了，倒是小宝，他一直不让她知道。

我和另外二个女同事去看他，他已黄瘦下来，还是热乎乎地弄两张椅子要给我们坐，三个人推来让去都不坐，他一径坚持要我们坐。

"哎呀，"我说，"你真是要二椅杀三女呀！"

他笑了起来——他知道我用的是“二桃杀三士”的典故，但能笑几次了呢？我也不过强颜欢笑罢了。

他仍在抽烟，我说别抽了吧！

“现在还戒什么？”他笑笑，“反正也来不及了。”

那时节是六月，病院外夏阳艳得不可逼视，暑假里我即将有旅美之行——我知道那是我最后一次看他了。

后来我寄了一张探病卡，勉作豪语：

“等你病好了，咱们再煮酒论战。”

写完，我伤心起来，我在撒谎，我知道旅美回来，迎我的将是一纸过期的讣闻。

旅美期间，有时竟会在异国的枕榻上惊醒，我梦见他了，我感到不祥。

对于那些英年早逝弃我而去的朋友，我的情绪与其说是悲哀，不如说是愤怒！

正好像一群孩子，在广场上做游戏，大家才刚弄清楚游戏规则，才刚明白游戏的好玩之处，并且刚找好自己的那一伙，其中一人却不声不响地半局而退了，你一时怎能不愕然得手足无措，甚至觉得被什么人骗了一场似的愤怒！

满场的孩子仍在游戏，属于你的游伴却不见了！

九月返台，果真他已于八月十四日去世了，享年五十二岁，孤女九岁，他在病榻上自拟的挽联是这样的：

天道好还，国族必有前途，惟世难方殷，先死亦佳，勉无深恶大罪，可以笑谢兹世；

人间多苦，事功早摒奢望，已庸碌一生，幸存何益，忍抛孤嫠弱息，未免愧对私心。

但写得尤好的则是代女儿挽父的白话联：

爸爸说要陪我直到结婚生了娃娃，而今怎教我立刻无处追寻，你怎舍得这个女儿；

女儿只有把对您那份孝敬都给妈妈，以后希望你梦中常来看顾，我好多喊几声爸爸。

读来五内翻涌，他真是有担当、有抱负、有才华的至情至性之人。

也许因为没有参加他的葬礼，感觉上我几乎一直欺骗自己他还活着，尤其每有一篇自己比较满意的作品，我总想起他来，他那人读文章严苛万分，轻易不下一字褒语，能被他击节赞美一句，是令人快乐得要晕倒的事。

每有一句好笑话，也无端想起他来，原来这世上能跟你共同领略一个笑话的人竟如此难得。

每想一次，就怅然久之，有时我自己也惊讶，他活着的时候，我们一年也不见几面，何以他死了我会如此怅然若失呢？我想起有一次看到一副对联，现在也记不真切，似乎是江兆申先生写的：

相见亦无事

不来常思君

真的，人和人之间有时候竟可以淡得十年不见，十年既见却又可以淡得相对无一语，即使相对应答又可以淡得没有一件可以称之为事情的事情，奇怪的是淡到如此无干无涉，却又可以是相知相重、生死不舍的朋友。

道德的单位

道德该有①一②二③三④四⑤五⑥六……（　　）

上面的选择题据说是明年大专联考的题目，你先考考自己看会不会回答。

可叵从小就不甚了了，从来搞不懂“考试学”，乃去就教高明，以下是听来的有关道德的单位：

王教授曰：“道德只有一个，就是仁，所有的道德都包括在这里面了，孔夫子说的。”

林院士曰：“道德可以分成两方面，忠跟恕，孔子早就讲过的嘛！”

刘小弟曰：“我们童军老师说的，智仁勇，三达德，道德有三项。”

黄小妹说：“不对啦，是四嘛，我们校门口挂着，礼、义、廉、耻四维啦！”

张大哥说：“五常德！是五！”

陈委员也说：“对呀，对呀，是五，儒家讲五伦嘛！”

李委员说：“五伦再加一，六最好，再加‘群—己关系，就更好了，应该说六伦才对。”

这时忽然杀出一位丁大妈：“依我看，这题目的正确答案是七啦，古时候不是有‘七出’的条例吗？把‘七出’的坏事反过来，不就变成‘七德’了吗？”（丁大妈的意见太过没学问，不予采证，但姑且记录在此以存实）然后，不知怎么搞的，可叵灵机一动，也想起一番道理来：“咦，道德应该是用十二做单位嘛！可叵背过一个叫‘十二守则’的东西。”

正当此际，有位可敬的老先生站起来，气呼呼地说：

“别的我都不管，‘六伦’玩意不成，‘六伦’对不起孔老夫子的‘五伦’，不准谈。”

忽然间有位牧师不知从哪里钻了出来（牧师好像总是无所不在的），他十分笃定地说：“我想，你们应该考虑‘十’，上帝规定了十诫。”

“不对，不对，”有位女牧师立刻起来纠正，“十诫多半是反面的禁止，应该是九，《圣经》上说的，圣灵可结九种果实——仁爱、喜乐、和平、忍耐、恩慈、良善、信实、温柔、节制，应该是九没错。”

“怎么没听人说八？”有一位老兵站起来，“俺连长说的，八德，忠、孝、仁、爱、信、义、和、平嘛，连这个都不知道！”

可叵听得出神，不觉傻里傻气问道：

“哎呀，孔夫子当真生气了吗？”

老先生回瞪了可叵一眼，可叵惶愧万分，乃嗫嚅着嗓子问：

“那，那，‘群一己关系’是不应该讲的了？古人没有火车汽车，没有多氯联苯，没有硼砂鱼丸，我们现在如此倒霉，常给人欺负，孔夫子不会那么小气，硬是不准我们后生小子加一伦吧！”

“不可以就是不可以，叫第六伦去附在五伦里就行啦！”

道德的单位究竟是一？二？三？四？五？六？七？八？九？十？十一？十二？以可叵的智力显然想不通，可叵只想知道有哪一项道德是可以让我安心吃饭、安心走路而不怕遭人毒手的。

我会念咒

一

我会念咒，只会一句。

我原来也不知道，是偶然间发现的。一向，咒语都是由谁来念诵呢？故事里是由巫婆或道士来念，他们有时是天生就会，有时是跟人学来的，咒语多半烦难冗长，令人望而生畏。

我会咒语而竟不自知，想来是自己天生会的。

我会的那句咒语很简单，总共只有四个字，连小孩都能立刻学会，那四个字是：

“我好快乐！”

如果翻成英文，也是四个字：“I am so happy！”

二

这样的咒语虽不能让撒出手的豆子变成兵，让纸剪的马儿真的可骑可乘可供驱驰，让钵子里的钱永远掏用不完，或让别人水果摊上的水梨都长到我的树枝上来供我之用。

可是，它却有茅山道士的大法力，它可以助我穿墙。什么墙？砖墙？水泥墙？铜墙？铁壁？都不是，而是悲伤之墙，是倦怠之墙，是愤懑怨怒之墙，是遭到割伤烫伤斫伤泼伤之际的自伤之墙，是心灰意冷情摧泪尽的沮丧之墙，是自认为我已心竭力怯万劫不复的绝望之墙……

三

大约是两年前吧？有一天，奔波了一整天，到黄昏时才回家，把车在巷子里停好，车窗尚未关上，我不自觉地大叹了一声："啊！我好快乐！"

当时车停在公园旁，隔着矮矮的灌木丛，有一个背对我垂头而坐的男人听到我说话，他猛地坐直身子回望我一眼，我这才发现半公尺之外有人听到我最幽微的内心语言。那一眼令我难忘，隔着打开的车窗，我看到那其中有惊吓，在这都市里怎会有一个女人在做如此诡异的宣告？也许也有愤怒，世道如今都成了什么样子了，你还有本事快乐！也许有不可置信，什么？快乐这种东西还存在着吗？也许是悲悯，这女子难道疯了吗？

我当时有点惭愧，然后，我发觉，我爱念这句咒语已经很久了，平常没有人听见，我也不自觉，今天被人发现又被人回头看了一眼，才觉得这句话真有点怪异。

那老男人站起来，在暮色中踽踽离去了。他是被吓到的吗？

四

其实，我很想追上那人，对他说：

老先生，你刚才听到我说的那句话，既是真的，也是掰的。我其实大病初愈，身心俱疲。我其实忧时忧世不认为这粒地球有什么光明的前途。我事实上一想及那些优美深沉馥郁绵恒的传统正遭人像处理病死猪一般泼毒且掩埋，就恨不得放声恸哭，与人一决……但此刻，我奔波了一天，不管我所恳求的，所呼吁的，所叮嘱的，所反复申诉的被接受了或被拒绝了，上帝啊，毕竟我已尽力了。天黑了，我回家了，我如此渺小，赐我今夕热食热汤，赐我清爽的沐浴，赐我一枕酣睡。

为此，我好快乐。

能尽心竭力，我好快乐。

能为心爱的道统传承来辛苦或受辱，这并不是每一个人可享有的权利，所以，我好快乐。

如果我悲苦，那也是上天看得起我，容许我忍此悲辛荼苦，我为配忍此苦楚而要说一句：

我好快乐。

我好快乐，因为我能说“我好快乐”，这是我的快乐咒，其言有大法力，助我穿墙直行，披靡天涯，虽然也许早已撞得鼻青脸肿，而不自知。

你不能要求简单的答案

年轻人啊，你问我说：

“你是怎样学会写作的？”

我说：

“你的问题不对，我还没有‘学会’写作，我仍然在‘学’写作。”

你让步了，说：

“好吧，请告诉我，你是怎么学写作的？”

这一次，你的问题没有错误，我的答案却仍然迟迟不知如何出手，并非我自秘不宣——但是，请想一想，如果你去问一位老兵：

“请告诉我，你是如何学打仗的？”

——请相信我，你所能获致的答案绝对和“驾车十要”或“计算机入门”不同。有些事无法做简单的回答，一个老兵之所以成为老兵，故事很可能要从他十三岁那年和弟弟一起用门板扛着被日本人炸死的爹娘去埋葬开始，那里有其一生的悲愤郁结，有整个中国近代史的沉痛、伟大和荒谬。不，你不能要求简单的答案，你不能要一个老兵用明白扼要的字眼在你的问卷上做填充题，他不回答则已，如果回答，就必须连着他一生的故事。你必须同时知道他全身的伤疤，知道他的胃溃疡，知道他五十年来朝朝暮暮的豪情与酸楚……

年轻人啊，你真要问我跟写作有关的事吗？我要说的也是：除非我不回答你，要回答，其实也不免要夹上一生啊（虽然一生并未过完）！一生的受苦和欢悦，一生的痴意和决绝忍情，一生的有所得和有所舍。写作这件事无从简单回答，你等于要求我向你述说一生。

两岁半，年轻的五姨教我唱歌，唱着唱着，我就哭了，那歌词是这样的：

“小白菜呀，地里黄呀，两三岁上呀，没了娘呀……生个弟弟比我强呀……弟弟吃面，我喝汤呀……”

我平日少哭，一哭不免惊动妈妈，五姨也慌了，两人追问之下，我哽咽地说出原因：

“好可怜啊，那小白菜，后娘只给她喝汤，喝汤怎么能喝饱呢？”

这事后来成为家族笑话，常常被母亲拿来复述，我当日大概因为小，对孤儿处境不甚了然，同情的重点全在“弟弟吃面她喝汤”的层面上，但就这一点，后来我细想之下，才发现已是“写作人”的根本。人人岂能皆成孤儿而后写孤儿？听孤儿的故事，便放声而哭的孩子，也许是比较可以执笔的吧。我当日尚无弟妹，在家中娇宠恣纵，就算逃难，也绝对不肯坐人挑箧。挑箧因一位挑夫可挑前后两箩箧，所以比较便宜。千山迢迢，我却只肯坐两人合抬的轿子，也算是一个不乖的小孩了。日后没有变坏，大概全靠那点善于与人认同的性格。所谓“常抱心头一点春，须知世上苦人多”的心情，恐怕是比学问、见解更为重要的人之所以为人的本源。当然它也同时是写作的本源。

七岁，到了柳州，便在那里读小学三年级。读了些什么，一概忘了，只记得那是一座多山多水的城，好吃的柚子堆在浮桥的两侧卖。桥在河上，河在美丽的土地上。整个逃离的途程竟像一场旅行。听爸爸一面算计一面说：“你已经走了大半个中国啦！从前的人，一生一世也走不了这许多路的。”小小年纪当时心中也不免陡生豪情侠义。火车在山间蜿蜒，血红的山踯躅开得满眼，小站上有人用小砂甑焖了香肠饭在卖，好吃得令人一世难忘。整个中国的大苦难我并不了然，知道的只是火车穿花而行，轮船破碧疾走，一路懵懵懂懂南行到广州，仿佛也只为到水畔去看珠江大桥，到中山公园去看大象和成天降下祥云千朵的木棉树……

那一番大搬迁有多少生离死别，我却因幼小只见山河的壮阔，千里万里的异风异俗。某一夜的山月，某一春的桃林，某一女孩的歌声，某一城垛的黄昏，大人在忧思中不及一见的景致，我却一一铭记在心，乃至一饭一蔬一果，竟也多半不忘。古老民间传说中的天机，每每为童子见到，大约就是因为大人易为思虑所蔽。我当日因为浑然无知，反而直窥入山水的一片清机。山水至今仍是那一砚浓色的墨汁，常容我的笔有所汲饮。

小学三年级，写日记是一个很痛苦的回忆。用毛笔，握紧了写（因为母亲常绕到我背后偷抽毛笔，如果被抽走了，就算握笔不牢，不合格）。七岁的我，哪有什么可写的情节，只好对着墨盒把自己的日子从早到晚一遍遍地再想过。其实，等我长大，真的执笔为文，才发现所写的散文，基本上也类乎日记。也许不是“日记”而是“生记”，是一生的记录。一般的人，只有幸“活一生”，而创作的人，却能“活两生”。第一度的生活是生活本身；第二度是运用思想再追回它一遍，强迫它复现一遍。萎谢的花不能再艳，磨成粉的石头不能重坚，写作者却能像呼唤亡魂一般把既往的生命唤回，让它有第二次的演出机缘。人类创造文学，想来，目的也即在此吧？我觉得写作是一种无限丰盈的事业，仿佛别人的卷筒里填塞的是一份冰激凌，而我的，是双份，是假日里买一送一的双份冰激凌，丰盈满溢。

也许应该感谢小学老师的，当时为了写日记把日子一寸寸回想再回想的习惯，帮助我有一个内省的深思人生。而常常偷偷来抽笔的母亲，也教会我一件事：不握笔则已，要握，就紧紧地握住，对每一个字负责。

八岁以后，日子变得诡异起来，外婆猝死于心脏病。她一向疼我，但我想起她来却只记得她拿一根筷子、一片铜制钱，用棉花自己捻线来用。外婆从小出身富贵之家，却勤俭得像没隔宿之粮的人。其实五岁那年，我已初识死亡，一向带我的用人在南京因肺炎而死，不知是几“七”，家门口铺上炉灰，等着看他的亡魂回不回来，铺炉灰是为了检查他的脚印。我至今几乎还能记起当时的惧怖，以及午夜时分一声声凄厉的狗号。外婆的死，再一次把死亡的剧痛和荒谬呈现给我，我们折着金箔，把它吹成元宝的样子，火光中我不明白一个人为什么可以如此彻底消失了。葬礼的场面奇异诡秘，“死亡”一直是令我恐惧乱怖的主题——我不知该如何面对它。我想，如果没有意识到死亡，人类不会有文学和艺术。我所说的“死亡”，其实是广义的，如即聚即散的白云，旋开旋灭的浪花，一张年头鲜艳年尾破败的年画，或是一支心爱的自来水笔，终成破敝。

文学对我而言，一直是那个挽回的“手势”。果真能挽回吗？大概不能吧？但至少那是个依恋的手势、强烈的手势，照中国人的说法，则是个天地鬼神亦不免为之愀然色变的手势。

读五年级的时候，有个陈老师很奇怪地要我们几个同学来组织一个“绿野”文艺社。我说“奇怪”，是因为他不知是有意或无意的，竟然丝毫不拿我们当小孩子看待。他要我们编月刊；要我们在运动会里做记者并印发快报；他要我们写朗诵诗，并且上台表演；他要我们写剧本，而且自导自演。我们在校运会中挂着记者条子跑来跑去的时候，全然忘了自己是个孩子，满以为自己真是个记者了，现在回头去看才觉好笑。我如今也教书，很不容易把学生看作成人，当初陈老师真了不起，他给我们的虽然只是信任而不是赞美，但也够了。我仍记得白底红字的油印刊物印出来之后，我们去一一分派的喜悦。

我间接认识一个名叫安娜的女孩，据说她也爱诗。她要过生日的时候，我打算送她一本《徐志摩诗集》。那一年我初三，零用钱是没有的，钱的来源必须靠“意外”，要买一本十元左右的书因而是件大事。于是我盘算又盘算，决定一物两用。我打算早一个月买来，小心地读，读完了，还可以完好如新地送给她。不料一读之后就舍不得了，而霸占礼物也说不过去，想来想去，只好动手来抄，把喜欢的诗抄下来。这种事，古人常做，复印机发明以后就渐成绝响了。但不可解的是，抄完诗集以后的我整个和抄书以前的我不一样了。把书送掉的时候，我竟然觉得送出去的只是形体，一切的精华早为我所吸取，这以后我欲罢不能地抄起书来，例如：从老师处借来的冰心的《寄小读者》，或者其他散文、诗、小说，都小心地抄在活页纸上。感谢贫穷，感谢匮乏，使我懂得珍惜，我至今仍深信最好的文学资源是来自双目也来自腕底。古代僧人每每刺血抄经，刺血也许不必，但一字一句抄写的经验却是不应该被取代的享受。仿佛玩玉的人，光看玉是不够的，还要放在手上抚触，行家叫“盘玉”。中国文字也充满触觉性，必须一个个放在纸上重新描摹——如果可能，加上吟哦会更好，它的听觉和视觉会一时复苏起来，活力弥新。当此之际，文字如果写的是花，则枝枝叶叶芬芳可攀；如果写的是骏马，则嘶声在耳，鞍辔光鲜，真可一跃而去。我的少年时代没有电视，没有电动玩具，但我反而因此可以看见希腊神话中赛克公主的绝世美貌，黄河冰川上的千古诗魂……

读我能借到的一切书，买我能买到的一切书，抄录我能抄录的一切片段。

刘邦、项羽看见秦始皇出游，便跃跃然有“我也能当皇帝”的念头，我只是在看到一篇好诗好文的时候有“让我也试一下”的冲动。这样一来，只有对不起国文老师了。每每放了学，我穿过密生的大树，时而停下来看一眼枝丫间乱跳的松鼠，一直跑到国文老师的宿舍，递上一首新诗或一阕词，然后怀着等待开奖的心情，第二天再去老师那里听讲评。我平生颇有“老师缘”，回想起来皆非我善于撒娇或逢迎，而在于我老是“找老师的麻烦”。我一向是个麻烦特多的孩子，人家两堂作文课写一篇五百字“双十节感言”交差了事，我却抱着本子从上课写到下课，写到放学，写到回家，写到天亮，把一个本子全写完了，写出一篇小说来。老师虽一再被我烦得要死，却也对我终生不忘了。少年之可贵，大约便在于胆敢理直气壮地去麻烦师长，即使有老天爷坐在对面，我也敢连问七八个疑难（经此一番折腾，想来，老天爷也忘不了我），为文之道其实也就是为人之道吧？能坦然求索的人必有所获，那种渴切直言的探求，任谁都要稍稍感动让步的吧？（这位老师名叫钟莲英，后来她去了板桥艺大教书。）

你在信上问我，老是投稿，而又老是遭人退稿，心都灰了，怎么办？

你知道我想怎样回答你吗？如果此刻你站在我面前，如果你真肯接受，我最诚实最直接的回答便是一阵仰天大笑：“啊！哈——哈——哈——哈——哈……”笑什么呢？其实我可以找到不少“现成话”来塞给你作标准答案，诸如“勿气馁”啦，“不懈志”啦，“再接再厉”啦，“失败为成功之母”啦，可是，那不是我想讲的。我想讲的，其实就只是一阵狂笑！

一阵狂笑是笑什么呢？笑你的问题离奇荒谬。

投稿，就该投中吗？天下哪有如此好事？买奖券的人不敢抱怨自己不中，求婚被拒绝的人也不会到处张扬，开工设厂的人也都事先心里有数，这行业是“可能赔也可能赚”的。为什么只有年轻的投稿人理直气壮地要求自己的作品成为铅字？人生的苦难千重，严重得要命的情况也不知要遇上多少次。生意场上、实验室里、外交场合，安详的表面下潜伏着长年的生死之争。每一类的成功者都有其身经百劫的疤痕，而年轻的你却为一篇退稿陷入低潮？

记得大一那年，由于没有钱寄稿（虽然稿件视同印刷品，可以半价——唉，邮局真够意思，没发表的稿子他们也视同印刷品呢！——可惜我当时连这半价邮费也付不出啊），于是每天亲自送稿，每天把一番心血交给门口警卫以后便很不好意思地悄悄走开——我说每天，并没有记错，因为少年的心易感，无一事无一物不可记录成文，每天一篇毫不困难。胡适当年责备少年人“无病呻吟”，其实少年在呻吟时未必无病，只因生命资历浅，不知如何把话删削到只剩下“深刻”，遭人退稿也是活该。我每天送稿，因此每天也就可以很准确地收到两天前的退稿，日子竟过得非常有规律起来，投稿和退稿对我而言就像有“动脉”就有“静脉”一般，是合乎自然定律的事情。

那一阵投稿我一无所获——其实，不是这样的，我大有斩获，我学会用无所谓的心情接受退稿。那真是“纯写稿”，连发表不发表也不放在心上。

如果看到几篇稿子回航就令你沮丧消沉——年轻人，请听我张狂地大笑吧！一个怕退稿的人可怎么去面对冲锋陷阵的人生呢？退稿的灾难只是一滴水一粒尘的灾难，人生的灾难才叫排山倒海呢！碰到退稿也要沮丧——快别笑死人了！所以说，对我而言，你问我的问题不算“问题”，只算“笑话”，投稿投不中有什么大不了！如果你连这不算事情的事也发愁，你这一生岂不愁死？

传统中文系的教育很多人视之为写作的毒药，奇怪的是对我而言，它却给了我一些更坚实的基础。文字训诂之学，如果你肯去了解它，其间自有不能不令人动容的中国美学，声韵学亦然。知识本身虽未必有感性，但那份枯索严肃亦如冬日，繁华落尽处自有无限生机。和一些有成就的学者相比，我读的书不算多，但我自信每读一书于我皆有增益。读《论语》，于我竟有不胜低回之致；读史书，更觉页页行行都该标上惊叹号。世上既无一本书能教人完全学会写作，也无一本书完全于写作无益。就连看一本烂书，也算负面教材，也令我怵然自惕，知道自己以后为文万不可如此骄矜昏昧，不知所云。

有一天，在别人的车尾上看到“独身贵族”四个大字，当下失笑，很想在自己车尾上也标上“已婚平民”四个字。其实，人一结婚，便已堕入平民阶级，一旦生子，几乎成了“贱民”，生活中种种烦琐吃力处，只好一肩担了。平民是难有闲暇的，我因而不能有充裕的写作时间，但我也因而了解升斗小民在庸庸碌碌、乏善可陈的生活背后的尊严，我因怀胎和乳养的过程，而能确实怀有“彼亦人子也”的认同态度，我甚至很自然地用一种霸道的母性心情去关爱我们的环境和大地。我人格的成熟是由于我当了母亲，我的写作如果日有臻进，也是基于同样的缘故。

你看，你只问了我一个简单的问题，而我，却为你讲了我的半生。文章千古事，得失寸心知。记得旅行印度的时候，看到有些小女孩在编丝质地毯，解释者说：必须从幼年就学起，这时她们的指头细柔，可以打最细最精致的结子，有些毯子要花掉一个女孩一生的时间呢！文学的编织也如此一生一世吧？这世上没有什么不是一生一世的，要做英雄、要做学者、要做诗人、要做情人，所要付出的代价不多不少，只是一生一世，只是生死以之。

我，回答了你的问题吗？

生命，以什么单位计量

这是一家小店铺，前面做门市，后面住家。

星期天早晨，老板娘的儿子从后面冲出来，对我大叫一句：

“我告诉你，我的电动玩具比你多！”

我不知道他在跟谁说话，四面一看，店里只我一人，我才发现，这孩子在跟我作现代版的“石崇斗富”。

“你的电动玩具都是小的，我的，是大的！”小孩继续叫阵。

老天爷，这小孩大概太急于压垮人，于是饥不择食，居然来单挑我，要跟我比电动玩具的质和量。我难道看起来会像一个玩电动玩具的小孩吗？我只得苦笑了。

他其实是个蛮清秀的小孩，看起来也聪明机灵，但他为什么偏偏要找人比电动玩具呢？

“我告诉你，我根本没有电动玩具！”我弯腰跟那小孩说，“一个也没有，大的也没有，小的也没有——你不用跟我比，我根本就没有电动玩具，告诉你，我一点也不喜欢电动玩具。”

小孩目瞪口呆地望着我，正在这时候，小孩的爸爸在里面叫他：

“回来，不要烦客人。”

（奇怪的是他只关心有没有哪一宗生意被这小鬼吵掉了，他完全没想到说这种话的儿子已经很有毛病了。）

我不能忘记那小孩惊奇不解的眼神。大概，这正等于你驰马行过草原有人拦路来问：

“远方的客人啊，请问你家有几千骆驼？几万牛羊？”

你说：

“一只也没有，我没有一只骆驼、一只牛、一只羊，我连一只羊蹄也没有！”

又如雅美人问你：“你近年有没有新船下水？下水礼中你有没有准备够多的芋头？”你却说：

“我没有船，我没有猪，我没有芋头！”

这是一个奇怪的世界，计财的方法或用骆驼或用芋头，或用田地，或用妻妾，至于黄金、钻石、房屋、车子、古董——都是可以计算的单位。

这样看来，那孩子要求以电动玩具和我比画，大概也不算极荒谬吧！

可是，我是生命，我的存在既不是“架”“栋”“头”

“辆”，也不是“亩”“艘”“匹”“克拉”等等单位所可以称量评估的啊！

我是我，不以公斤，不以公分，不以智商，不以学位，不以畅销的“册数”。我，不纳入计量单位。

不朽的失眠

——写给没考好的考生

他落榜了！一千二百年前。榜纸那么大那么长，然而，就是没有他的名字。啊！竟单单容不下他的名字“张继”那两个字。

考中的人，姓名一笔一画写在榜单上，天下皆知。奇怪的是，在他的感觉里，考不上，才更是天下皆知，这件事，令他羞惭沮丧。

离开京城吧！议好了价，他踏上小舟。本来预期的情节不是这样的，本来也许有插花游街、马蹄轻疾的风流，有衣锦还乡袍笏加身的荣耀。然而，寒窗十年，虽有他的悬梁刺股，琼林宴上，却并没有他的一角席次。

船行似风。

江枫如火，在岸上举着冷冷的爝焰，这天黄昏，船，来到了苏州。但，这美丽的古城，对张继而言，也无非是另一个触动愁情的地方。

如果说白天有什么该做的事，对一个读书人而言，就是读书吧！夜晚呢？夜晚该睡觉以便养足精神第二天再读。然而，今夜是一个忧伤的夜晚。今夜，在异乡，在江畔，在秋冷雁高的季节，容许一个落魄的士子放肆他的忧伤。江水，可以无限度地收纳古往今来一切不顺遂之人的泪水。

这样的夜晚，残酷地坐着，亲自听自己的心正被什么东西啮食而一分一分消失的声音。并且眼睁睁地看自己的生命如劲风中的残灯，所有的力气都花在抗拒，油快尽了，微火每一刹那都可能熄灭。然而，可恨的是，终其一生，它都不曾华美灿烂过啊！

江水睡了，船睡了，船家睡了，岸上的人也睡了。唯有他，张继，醒着，夜愈深，愈清醒，清醒如败叶落余的枯树，似梁燕飞去的空巢。

起先，是睡眠排拒了他。（也罢，这半生，不是处处都遭排拒吗？）而后，是他在赌气，好，无眠就无眠，长夜独醒，就干脆彻底来为自己验伤，有何不可？

月亮西斜了，一副意兴阑珊的样子。有鸟啼，粗嘎嘶哑，是乌鸦，那月亮被它一声声叫得更黯淡了。江岸上，想已霜结千草。夜空里，屋子亦如清霜，一粒粒冷绝凄绝。

在须角在眉梢，他感觉，似乎也森然生凉，那阴阴不怀好意的凉气啊，正等待凝成早秋的霜花，来贴缀他惨绿少年的容颜。

江上渔火二三，他们在干什么？在捕鱼吧？或者，虾？他们也会有撒空网的时候吗？世路艰辛啊！即使潇洒的捕鱼人，也不免投身在风波里吧？

然而，能辛苦工作，也是一项幸福呢！今夜，月自光其光，霜自冷其冷，安心的人在安眠，工作的人去工作。只有我张继，是天不管地不收的一个，是既没有权利去工作，也没福气去睡眠的一个……

钟声响了，这奇怪的深夜的寒山寺钟声。一般寺庙，都是暮鼓晨钟，寒山寺却敲“夜半钟”，用以警世。钟声贴着水面传来，在别人，那声音只是睡梦中模糊的衬底音乐。在他，却一记一记都撞击在心坎上，正中要害。钟声那么美丽，但钟自己到底是痛还是不痛呢？

既然无眠，他推枕而起，摸黑写下“枫桥夜泊”四字。然后，就把其余二十八个字照抄下来。我说“照抄”，是因为那二十八个字在他心底已像白墙上的黑字一样分明凸显：

月落乌啼霜满天
江枫渔火对愁眠
姑苏城外寒山寺
夜半钟声到客船

感谢上苍，如果没有落第的张继，诗的历史上便少了一首好诗，我们的某一种心情，就没有人来为我们一语道破。

一千二百年过去了，那张长长的榜单上（就是张继挤不进去的那纸金榜）曾经出现过的状元是谁？哈！谁管他是谁？真正被记得的名字是“落第者张继”。有人会记得那一届状元披红游街的盛景吗？不！我们只记得秋夜的客船上那个失意的人，以及他那场不朽的失眠。

人生的什么和什么

她的手轻轻地搭在方向盘上，外面下着小雨。收音机正转到一个不知什么台的台上，溢漫出来的是安静讨好的古典小提琴。

前面是隧道，车如流水，汇集入洞。

“各位亲爱的听众，人生最重要的事其实只有两件，那就是……”

主持人的声音向例都是华丽明亮的居多，何况她正在义无反顾地宣称这项真理。

她其实也愿意听听这项真理，可是，这里是隧道，全长五百米，要四十秒钟才走得出来，隧道里面声音断了，收音机只会嗡嗡地响。她忽然烦起来，到底是哪两项呢？要猜，也真累人，是“物质与精神”吗？是“身与心”吗？是“爱情与面包”吗？是“生与死”吗？或“爱与被爱”？隧道不能倒车，否则她真想倒车出去听完那段话再进来。

隧道走完了，声音重新出现，是音乐，她早料到了四十秒太久，按一分钟可说两百字的广播速度来说，播音员已经说了一百五十字了。一百五十字，什么人生道理不都给她说完了吗？

她努力去听音乐：心里想，也许刚才那段话是这段音乐的引言，如果知道这段音乐，说不定也可以又猜出前面那段话。

音乐居然是《彼得与狼》——这当然不会是答案。

依她的个性，她知道自己会怎么做，她会再听下去，一直听到主持人播报他们电台和节目的名字，然后，打电话去追问漏听的那一段来，主持人想必也很乐意回答。

可是，有必要吗？四十岁的人了，还要知道人生最重要的事是“什么和什么”吗？她伸手关上了收音机，雨大了，她按下雨刷。

描 容

一

有一次，和朋友约好了搭早晨七点的车去太鲁阁国家公园管理处。不料闹钟失灵，醒来时已经七点了。

我跳起来，改去搭飞机，及时赶到。管理处派人来接，但来人并不认识我，于是先到的朋友便七嘴八舌把我形容一番：

“她信基督教。”

“她是写散文的。”

“她看起来好像不紧张，其实，才紧张呢！”

形容完了，几个朋友自己也相顾失笑，这么一堆抽象的说辞，叫那年轻人如何在人堆里把要接的人辨认出来？

事后，他们说给我听，我也笑了，一面佯怒，说：

"哼，朋友一场，你们竟连我是什么样子也说不出来，太可恶了。"

转念一想，却也有几分惆怅——其实，不怪他们，叫我自己来形容我自己，我也一样不知从何说起。

二

有一年，带着稚龄的小儿小女全家去日本，天气正由盛夏转秋，人到富士山腰，租了匹漂亮的栗色大马去行山径。低枝拂额，山鸟上下，"随身听"里播着新买来的"三弦"古乐。抿一口山村自酿的葡萄酒，淡淡的红，淡淡的芬芳……蹄声嘚嘚，旅途比预期的还要完美……

然而，我在一座山寺前停了下来，那里贴着一张大大的告示，由不得人不看。告示上有一幅男子的照片，奇怪的是那日文告示，我竟也大致看明白了。它的内容是说，两个月前有个六十岁的男子登山失踪了，他身上靠腹部地方因为动过手术，有条十五公分长的疤口，如果有人发现这位男子，请通知警方。

叫人用腹部的疤来辨认失踪的人，当然是假定他已是尸体了。否则凭名字相认不就可以了吗？

寺前痴立，我忽觉大恸，这座外形安详稳重的富士山于我是闲来的行脚处，于这男子却是残酷的埋骨之地啊！时乎，命乎，叫人怎么说呢？

而真正令我悲伤的是，人生至此，在特征栏里竟只剩下那么简单赤裸的几个字：“腹上有十五公分疤痕”！原来人一旦撒了手，所有人间的形容词都顿然失效，所有的学历、经验、头衔、土地、股票持份或勋功伟绩全都不相干了，真正属于此身的特点竟可能只是一记疤瘢或半枚蛀牙。

山上的阳光淡寂，火山地带特有的黑土踏上去松软柔和，而我意识到山的险巇。每一转折都自成祸福，每一岔路皆隐含杀机。如我一旦失足，则寻人告示上对我的形容词便没有一句会和我平生努力以博得的成就有关了。

我站在寺前，站在我从不认识的山难者的寻人告示前，黯然落泪。

三

所有的“我”，其实不都是一个名词吗？可是我们是复杂而又噜苏的人类，我们发明了形容词——只是我们在形容自己的时候却又忽然词穷。一个完完整整的人，岂是能用三言两语胡乱描绘的？

对我而言，做小人物并没什么不甘，却有一项悲哀，就是要不断地填表格，不断把自己纳入一张奇怪的方方正正的小纸片。你必须不厌其烦地告诉人家你是哪年生的，生在哪里，生日是哪一天，（奇怪，我为什么要告诉他我的生日呢？他又不送我生日礼物）家住哪里，学历是什么，身份证号码几号，护照号码几号，几月几日在哪里签发的，公保证号码几号。好在我颇有先见之明，从第一天起就把身份证和护照号码等一概背得烂熟，以便有人要我填表时可以不经思索熟极而流。

然而，我一面填表，一面不免想“我”在哪里啊？我怎会在那张小小的表格里呢？我填的全是些不相干的资料啊！数据加起来的总和并不是我啊！

尤其离奇的是那些大张的表格，它居然要求你写自己的特长，写自己的语文能力，自己的缺点……奇怪，这种表格有什么用呢？你把它发给十年前的李登辉，他就会承认自己的特长是“做总统”吗？你把它发给梁实秋，搞不好，他谦虚起来，硬是只肯承认自己“粗通”英文你又如何？你把它发给甲级流氓，难道他就承认自己的缺点是“爱杀人”吗？

我填这些形容自己的资料也总觉不放心。记得有一次填完“缺点”以后，我干脆又慎重地加上一段：“我填的这些缺点其实只是我自己知道的缺点，但既然是知道的缺点，其实就不算是严重的缺点。我真正的缺点一定是我不知道或不肯承认的。所以，严格地说，我其实并没有能力写出我的缺点来。”

对我来说，最美丽的理想社会大概就是不必填表的社会吧！那样的社会，你一个人在街上走，对面来了一位路人，他拦住你，说：

“咦？你不是王家老三吗？你前天才过完三十九岁生日是吧？我当然记得你生日，那是元宵节前一天吗！你爸爸还好吗？他小时顽皮，跌过一次腿，后来接好了，现在阴天犯不犯痛？不疼？啊，那就好。你妹妹嫁得还好吧？她那丈夫从小就不爱说话，你妹妹叽叽呱呱的，配他也是老天爷安排好的。她耳朵上那个耳洞没什么吧？她生出来才一个月，有一天哭个不停，你嫌烦，找了根针就去给她扎耳洞，大人发现了，吓死了，要打你，你说因为听说女人扎了耳洞挂了耳环就可以出嫁了，她哭得人烦，你想把她快快扎了耳洞嫁掉算了！你说我怎么知道这些事，怎么不知道，这村子上谁家的事我不知道啊？……”

那样的社会，人人都知道别家墙角有几株海棠，人人都熟悉对方院子里有几只母鸡，表格里的那一堆数据要它何用？

其实小人物填表固然可悲，大人物恐怕也不免此悲吧？一个刘彻，他的一生写上十部奇情小说也绰绰有余。但人一死，依照谥法，也只落一个汉武帝的“武”字，听起来，像是这人只会打仗似的。谥法用字历代虽不太同，但都是好字眼，像那个会说出“何不食肉糜？”的皇帝，死后也混到个“惠帝”的谥号。反正只要做了皇帝，便非“仁”即“圣”，非“文”即“武”，非“睿”即“神”……做皇帝做到这样，又有什么意思呢？长长的一生，最后只剩下一个字，冥冥中仿佛有一排小小的资料夹，把汉武帝跟梁武帝放在一个夹子里，把唐高宗和清高宗做成编类相同的案宗。

悲伤啊，所有的“我”本来都是“我”，而别人都急着把你编号归类——就算是皇后，也无非放进镂金刻玉的数据夹里去归类吧！

相较之下，那惹人訾议的武则天女皇就佻达多了。她临死之时嘱人留下“无字碑”。以她当时身为母后的身份而言，还会没有当朝文人来谀墓吗？但她放弃了。年轻时，她用过一个名字来形容自己，那是“曌”（读作“照”）是太阳，月亮和晴空。但年老时，她不再需要任何名词，更不需要形容词。她只要简简单单地死去，像秋来喑哑萎落的一只夏蝉，不需要半句赘词来送终。她赢了，因为不在乎。

四

而茫茫大荒，漠漠今古，众生平凡的面目里，谁是我，我又复是谁呢？我们却是在乎的。

明传奇《牡丹亭》里有个杜丽娘，在她自知不久人世之际，一意挣扎而起，对着镜子把自己描绘下来，这才安心去死。死不足惧，只要能留下一副真容，也就扳回一点胜利。故事演到后面，她复活了，从画里也从坟墓里走了出来，作者似乎相信，真切的自我描容，是令逝者能永存的唯一手法。

米开朗琪罗走了，但我们从圣母垂眉的悲悯中重见五百年前大师的哀伤。而整套完整的儒家思想若不是以仲尼站在大川上的那一声“逝者如斯夫！不舍昼夜”的长叹作底调，就显得太平板僵直，如道德教条了。一声轻轻的叹息，使我们惊识圣者的华颜。那企图把人间万事都说得头头是道的仲尼，一旦面对巨大而模糊的“时间”对手，也有他不知所措的悸动！那声叹息于我有如二千五百年前的高传真的录音带，至今音纹清晰，声声入耳。

艺术和文学，从某一个角度看，也正是一个人对自己的描容吧？而描容者是既喜悦又悲伤的，他像一个孩子，有点“人来疯”，他急着说：

“你看，你看，这就是我，万古宇宙，就只有这么一个我啊！”

然而诗人常是寂寞的——因为人世太忙，谁会停下来听你说“我”呢？

马来西亚有个古旧的小城叫马六甲，我在那城里转来转去，为五百年来中国人走过的脚步惊喜叹服，正午的时候，我来到一座小庙。

然而我不见神明。

“这里供奉什么神？”

“你自己看。”带我去的人笑而不答。

小巧明亮的正堂里，四面都是明镜，我瞻顾，却只见我自己。

“这庙不设神明——你想来找神，你只能找到自身。”

只有一个自身，只有一个一空依傍的自我，没有莲花座，没有祥云，只有一双踏遍红尘的鞋子，载着一个长途役役的旅人走来，继续向大地叩问人间的路径。

好的文学艺术也恰如这古城小庙吧？香客在环顾时，赫然于镜鉴中发现自己，见到自己的青青眉峰，盈盈水眸，见到如周天运行生生不已的小宇宙——那个“我”。

某甲在画肆中购得一幅大大的弥天盖地的泼墨山水，某乙则买到一张小小的意态自足的“梅竹双清”，问者问某甲说：“你买了一幅山水吗？”某甲说：“不是，我买的是我胸中的丘壑。”问者转问某乙：“你买了一幅梅竹吗？”某乙回答说：“不然，我买的是我胸中的逸气。”

描容者可以描摹自我的眉目，肯买货的人却只因看见自家的容颜。

初 心

“初，裁衣之始也。”文字学的书上如此解释。

人生一世，亦如一匹辛苦织成的布，一刀下去，一切就都裁就了。

一 初哉首基肇祖元胎……

因为书是新的，我翻开来的时候也就特别慎重。书本上的第一页第一行是这样的：“初、哉、首、基、肇、祖、元、胎……始也。”

那一年，我十七岁，望着《尔雅》这部书的第一句话而愕然，这书真奇怪啊！把“初”和一堆“初的同义词”并列卷首，仿佛立意要用这一长串“起始”之类的字来做整本书的起始。

也是整个中国文化的起始和基调吧？我有点敬畏起来了。

想起另一部书，《圣经》，也是这样开头的：

“起初，上帝创造天地。”

真是简明又壮阔的大笔，无一语修饰形容，却是元气淋漓，如洪钟之声，震耳贯心，令人读着读着竟有坐不住的感觉，所谓壮志陡生，有天下之志，就是这种心情吧！寥廓数字，天工已竟，令人想见日之初升，海之初浪，高山始突，峡谷乍裂以及大地寂然等待小草涌腾出土的刹那！

而那一年，我十七，刚入中文系，刚买了这本古代第一部字典《尔雅》，立刻就被第一页第一行迷住了，我有点喜欢起文字学来了。真好，中国人最初的一本字典（想来也是世人的第一本字典），它的第一个字就是“初”。

“初，裁衣之始也。”文字学的书上如此解释。

我又大为惊动，我当时已略有训练，知道每一个中国文字背后都有一幅图画，但这“初”字背后不止一幅画，而是长长的一幅卷轴。想来当年造字之人初造“初”字的时候，也是煞费苦心之余的神来之笔。“初”这件事无形可绘，无状可求，如何才能追踪描摹？

于是他想起了某个女子的动作，也许是母亲，也许是妻子，那样慎重地先从纺织机上把布取下来，整整齐齐的一匹布，她手握剪刀，当窗而立，她屏息凝神，考虑从哪里下刀，阳光把她微微毛乱的鬓发渲染成一轮光圈。她用神秘而多变的眼光打量着那整匹布，仿佛在主持一项典礼，其实她努力要决定的只不过是究竟该先做一件孩子的小衫好呢，还是先裁自己的一幅裙子？一匹布，一如渐渐沉黑的黄昏，有一整夜的美梦可以预期——当然，也有可能是噩梦，但因为有可能成为噩梦，美梦就更值得去渴望——而在她思来想去的当际，窗外陆陆续续流溢而过的是初春的阳光，是一批一批的风，是雏鸟拿捏不稳的初鸣，是天空上一匹复一匹不知从哪一架纺织机里卷出的浮云……

那女子终于下定决心，一刀剪下去，脸上有一种近乎悲壮的决然。

“初”字，就是这样来的。

人生一世，亦如一匹辛苦织成的布，一刀下去，一切就都裁就了。

整个宇宙的成灭，也可视为一次女子的裁衣啊！我爱上“初”这个字，并且提醒自己每个清晨都该恢复为一个“初人”，每一刻，都要维护住那一片初心。

二　初发芙蓉

《颜延之传》里这样说：

“颜延之问鲍照己与谢灵运优劣，照曰：‘谢五言诗如初发芙蓉，自然可爱，君诗如铺锦列绣，雕缋满眼。’”

六朝人说的芙蓉便是荷花，鲍照用“初发芙蓉”比谢灵运，实在令人羡慕，其实“像荷花”不足为奇，能像“初发芙蓉”才令人神思飞驰。灵运一生独此四字，也就够了。后来的文学批评也爱沿用这字眼，周济（介存斋）《论词杂著》论晚唐韦庄的词便说：

“端已词清艳绝伦，初日芙蓉春日柳，使人想见风度。”

中国人没有什么“诗之批评”或“词之批评”，只有“诗话”“词话”，而词话好到如此，其本身已凝聚饱实，且华丽如一则小令。

三　清露晨流新桐初引

《世说新语》里有一则故事，说到王恭和王忱原是好友，以后却因政治上的芥蒂而分手。只是每次遇见良辰美景，王恭总会想到王忱。面对山石流泉，王忱便恢复为王忱，是一个精彩的人，是一个可以共享无限清机的老友。

有一次，春日绝早，王恭独自漫步到幽极胜极之处，书上记载说：

“于时清露晨流，新桐初引。”

那被人爱悦，被人誉为“濯濯如春月柳”的王恭忽然怅怅然冒出一句：“王大故自濯濯。”语气里半是生气半是爱惜，翻成白话就是：

“唉，王大那家伙真没话说——实在是出众！”

不知道为什么，作者在描写这段微妙的人际关系时，把周围环境也一起写进去了。而使我读来怦然心动的也正是那段“于时清露晨流，新桐初引”的附带描述。也许不是什么惊心动魄的大景观，只是一个序幕初启的清晨，只是清晨初初映着阳光闪烁的露水，只是露水装点下的桐树初初抽了芽，遂使得人也变得纯洁灵明起来，甚至强烈地怀想起那个有过嫌隙的朋友。

李清照大约也是被这光景迷住了，所以她的《念奴娇》里竟把“清露晨流，新桐初引”的句子全搬过去了。一颗露珠，从六朝闪到北宋，一叶新桐，在安静的扉页里晶薄透亮。

我愿我的朋友也在生命中最美好的片刻想起我来。在一切天清地廓之时，在叶嫩花初之际，在霜之始凝，夜之始静，果之初熟，茶之方馨。在船之启碇，鸟之回翼，在婴儿第一次微笑的刹那，想及我。

如果想及我的那人不是朋友，而是敌人（如果我有敌人的话），那也好——不，也许更好，嫌隙虽深，对方却仍会想及我，必然因为我极为精彩的缘故。当然，也因为一片初生的桐叶是那么好，好得足以让人有气度去欣赏仇敌。